AF217645

Kontaktadresse nach EU-Produktsicherheitsverordnung:
produktsicherheit@fischerverlage.de

Joseph von Eichendorff

Aus dem Leben eines Taugenichts
Das Marmorbild

Erzählungen

Fischer Taschenbuch Verlag

2. Auflage

© 2022 S. Fischer Verlag GmbH,
Hedderichstr. 114, 60596 Frankfurt am Main
Druck und Bindung: BoD – Books on Demand GmbH,
Norderstedt, Germany
ISBN 978-3-596-90011-4

Unsere Adressen im Internet:
www.fischerverlage.de
www.fischer-klassik.de

Inhalt

Aus dem Leben eines Taugenichts
7

Das Marmorbild
109

Editorische Notiz
157

Daten zu Leben und Werk
159

Aus Kindlers Literatur Lexikon:
Joseph von Eichendorff,
›Aus dem Leben eines Taugenichts‹
165

Joseph von Eichendorff,
›Das Marmorbild‹
169

AUS DEM LEBEN EINES TAUGENICHTS

Erstes Kapitel

Das Rad an meines Vaters Mühle brauste und rauschte schon wieder recht lustig, der Schnee tröpfelte emsig vom Dache, die Sperlinge zwitscherten und tummelten sich dazwischen; ich saß auf der Türschwelle und wischte mir den Schlaf aus den Augen, mir war so recht wohl in dem warmen Sonnenscheine. Da trat der Vater aus dem Hause; er hatte schon seit Tagesanbruch in der Mühle rumort und die Schlafmütze schief auf dem Kopfe, der sagte zu mir: »Du Taugenichts! da sonnst du dich schon wieder und dehnst und reckst dir die Knochen müde, und lässt mich alle Arbeit allein tun. Ich kann dich hier nicht länger füttern. Der Frühling ist vor der Türe, geh auch einmal hinaus in die Welt und erwirb dir selber dein Brot.« – »Nun«, sagte ich, »wenn ich ein Taugenichts bin, so ist's gut, so will ich in die Welt gehen und mein Glück machen.« Und eigentlich war mir das recht lieb, denn es war mir kurz vorher selber eingefallen, auf Reisen zu gehn, da ich den Goldammer, der im Herbst und Winter immer betrübt an unserem Fenster sang: »Bauer, miet mich, Bauer miet mich!«, nun in der schönen Frühlingszeit wieder ganz stolz und lustig vom Baume rufen hörte: »Bauer, behalt deinen Dienst!« – Ich ging also in das Haus hinein und holte meine Geige, die ich recht artig spielte, von der Wand, mein Vater gab mir noch einige Groschen Geld mit auf den Weg, und so schlenderte ich durch das lange Dorf hinaus. Ich hatte recht meine heimliche Freud', als ich da alle meine alten Bekannten und Kameraden rechts und links, wie gestern und vorgestern und immerdar, zur Arbeit hinauszie hen, graben und pflügen sah, während ich so in die freie Welt hinausstrich. Ich rief den armen Leuten nach allen Seiten recht stolz und zufrieden Adjes zu, aber es kümmerte sich eben keiner sehr darum. Mir war es wie ein ewiger Sonntag im Gemüte. Und als ich endlich ins freie Feld hinauskam, da nahm ich meine liebe Geige vor, und spielte und sang auf der Landstraße fortgehend:

9

Wem Gott will rechte Gunst erweisen,
Den schickt er in die weite Welt,
Dem will er seine Wunder weisen
In Fels und Wald und Strom und Feld.

Die Trägen, die zu Hause liegen,
Erquicket nicht das Morgenrot,
Sie wissen nur vom Kinderwiegen
Von Sorgen, Last und Not und Brot.

Die Bächlein von den Bergen springen,
Die Lerchen schwirren hoch vor Lust,
Was sollt ich nicht mit ihnen singen
Aus voller Kehl' und frischer Brust?

Den lieben Gott lass ich nur walten;
Der Bächlein, Lerchen, Wald und Feld
Und Erd und Himmel will erhalten,
Hat auch mein Sach aufs Best bestellt!

Indem wie ich mich so umsehe, kömmt ein köstlicher Reisewagen ganz nahe an mich heran, der mochte wohl schon einige Zeit hinter mir drein gefahren sein, ohne dass ich es merkte, weil mein Herz so voller Klang war, denn es ging ganz langsam, und zwei vornehme Damen steckten die Köpfe aus dem Wagen und hörten mir zu. Die eine war besonders schön und jünger als die andere, aber eigentlich gefielen sie mir alle beide. Als ich nun aufhörte zu singen, ließ die ältere stillhalten und redete mich holdselig an: »Ei, lustiger Gesell, Er weiß ja recht hübsche Lieder zu singen.« Ich nicht zu faul dagegen: »Ew. Gnaden aufzuwarten, wüsst ich noch viel schönere.« Darauf fragte sie mich wieder: »Wohin wandert Er denn schon so am frühen Morgen?« Da schämte ich mich, dass ich das selber nicht wusste, und sagte dreist: »Nach W.«; nun sprachen beide miteinander in einer fremden Sprache, die ich nicht verstand. Die jüngere schüttelte einige Mal mit dem Kopfe, die andere lachte aber in einem fort und rief mir endlich zu: »Spring Er nur hinten mit auf, wir fahren auch nach W.« Wer war froher als ich! Ich machte einen Reverenz und war mit einem Sprunge hinter dem Wagen, der Kutscher knallte und wir flogen über die glänzende Straße fort, dass mir der Wind am Hute pfiff.

Hinter mir gingen nun Dorf, Gärten und Kirchtürme unter, vor mir neue Dörfer, Schlösser und Berge auf; unter mir Saaten, Büsche und Wiesen bunt vorüberfliegend, über mir unzählige Lerchen in der klaren blauen Luft – ich schämte mich laut zu schreien, aber innerlichst jauchzte ich und strampelte und tanzte auf dem Wagentritt herum, dass ich bald meine Geige verloren hätte, die ich unterm Arme hielt. Wie aber denn die Sonne immer höher stieg, rings am Horizont schwere weiße Mittagswolken aufstiegen, und alles in der Luft und auf der weiten Fläche so leer und schwül und still wurde über den leise wogenden Kornfeldern, da fiel mir erst wieder mein Dorf ein und mein Vater und unsere Mühle, wie es da so heimlich kühl war an dem schattigen Weiher, und dass nun alles so weit, weit hinter mir lag. Mir war dabei so kurios zumute, als müsst ich wieder umkehren; ich steckte meine Geige zwischen Rock und Weste, setzte mich voller Gedanken auf den Wagentritt hin und schlief ein.

Als ich die Augen aufschlug, stand der Wagen still unter hohen Lindenbäumen, hinter denen eine breite Treppe zwischen Säulen in ein prächtiges Schloss führte. Seitwärts durch die Bäume sah ich die Türme von W. Die Damen waren, wie es schien, längst ausgestiegen, die Pferde abgespannt. Ich erschrak sehr, da ich auf einmal so allein saß, und sprang geschwind in das Schloss hinein, da hörte ich von oben aus dem Fenster lachen.

In diesem Schlosse ging es mir wunderlich. Zuerst wie ich mich in der weiten kühlen Vorhalle umschaue, klopft mir jemand mit dem Stocke auf die Schulter. Ich kehre mich schnell herum, da steht ein großer Herr in Staatskleidern, ein breites Bandelier von Gold und Seide bis an die Hüften übergehängt, mit einem oben versilberten Stabe in der Hand, und einer außerordentlich langen gebognen kurfürstlichen Nase im Gesicht, breit und prächtig wie ein aufgeblasener Puter, der mich frägt, was ich hier

11

will. Ich war ganz verblüfft und konnte vor Schreck und Erstaunen nichts hervorbringen. Darauf kamen mehrere Bedienten die Treppe herauf und herunter gerennt, die sagten gar nichts, sondern sahen mich nur von oben bis unten an. Sodann kam eine Kammerjungfer (wie ich nachher hörte) grade auf mich los und sagte: ich wäre ein charmanter Junge, und die gnädige Herrschaft ließe mich fragen, ob ich hier als Gärtnerbursche dienen wollte? – Ich griff nach der Weste; meine paar Groschen, weiß Gott, sie müssen beim Herumtanzen auf dem Wagen aus der Tasche gesprungen sein, waren weg, ich hatte nichts als mein Geigenspiel, für das mir überdies auch der Herr mit dem Stabe, wie er mir im Vorbeigehn sagte, nicht einen Heller geben wollte. Ich sagte daher in meiner Herzensangst zu der Kammerjungfer: Ja, noch immer die Augen von der Seite auf die unheimliche Gestalt gerichtet, die immerfort wie der Perpendikel einer Turmuhr in der Halle auf und ab wandelte, und eben wieder majestätisch und schauerlich aus dem Hintergrunde heraufgezogen kam. Zuletzt kam endlich der Gärtner, brummte was von Gesindel und Bauerlümmel unterm Bart, und führte mich nach dem Garten, während er mir unterwegs noch eine lange Predigt hielt: wie ich nur fein nüchtern und arbeitsam sein, nicht in der Welt herumvagieren, keine brotlosen Künste und unnützes Zeug treiben solle, da könnt ich es mit der Zeit auch einmal zu was Rechtem bringen. – Es waren noch mehr sehr hübsche, gutgesetzte, nützliche Lehren, ich habe nur seitdem fast alles wieder vergessen. Überhaupt weiß ich eigentlich gar nicht recht, wie doch alles so gekommen war, ich sagte nur immerfort zu allem: Ja, – denn mir war wie einem Vogel, dem die Flügel begossen worden sind. – So war ich denn, Gott sei Dank, im Brote. –

In dem Garten war schön leben, ich hatte täglich mein warmes Essen vollauf, und mehr Geld als ich zu Weine brauchte, nur hatte ich leider ziemlich viel zu tun. Auch die Tempel, Lauben und schönen grünen Gänge, das gefiel mir alles recht gut, wenn ich nur hätte ruhig drin herumspazieren können und vernünftig diskurrieren, wie die Herren und Damen, die alle Tage dahin kamen.

Sooft der Gärtner fort und ich allein war, zog ich sogleich mein kurzes Tabakspfeifchen heraus, setzte mich hin, und sann auf schöne köstliche Redensarten, wie ich die eine junge schöne Dame, die mich in das Schloss mitbrachte, unterhalten wollte, wenn ich ein Kavalier wäre und mit ihr hier herumginge. Oder ich legte mich an schwülen Nachmittagen auf den Rücken hin, wenn alles so still war, dass man nur die Bienen sumsen hörte, und sah zu wie über mir die Wolken nach meinem Dorfe zuflogen und die Gräser und Blumen sich hin und her bewegten, und gedachte an die Dame, und da geschah es denn oft, dass die schöne Frau mit der Gitarre oder einem Buche in der Ferne wirklich durch den Garten zog, so still, groß und freundlich wie ein Engelsbild, so-dass ich nicht recht wusste, ob ich träumte oder wachte.

So sang ich auch einmal, wie ich eben bei einem Lusthause zur Arbeit vorbeiging, für mich hin:

> Wohin ich geh und schaue,
> In Feld und Wald und Tal
> Vom Berg ins Himmelsblaue,
> Viel schöne gnäd'ge Fraue,
> Grüß ich Dich tausendmal.

Da seh ich aus dem dunkelkühlen Lusthause zwischen den halb-geöffneten Jalousien und Blumen, die dort standen, zwei schöne junge frische Augen hervorfunkeln. Ich war ganz erschrocken, ich sang das Lied nicht aus, sondern ging, ohne mich umzuse-hen, fort an die Arbeit.

Abends, es war grade an einem Sonnabend, und ich stand eben in der Vorfreude kommenden Sonntags mit der Geige im Gar-tenhause am Fenster und dachte noch an die funkelnden Augen, da kommt auf einmal die Kammerjungfer durch die Dämme-rung dahergestrichen. »Da schickt Euch die vielschöne gnädige Frau was, das sollt Ihr auf Ihre Gesundheit trinken. Eine gute Nacht auch!« Damit setzte sie mir fix eine Flasche Wein aufs Fenster und war sogleich wieder zwischen den Blumen und He-cken verschwunden, wie eine Eidechse.

Ich aber stand noch lange vor der wundersamen Flasche, und wusste nicht wie mir geschehen war. – Und hatte ich vorher lustig die Geige gestrichen, so spielt und sang ich jetzt erst recht, und sang das Lied von der schönen Frau ganz aus und alle meine Lieder, die ich nur wusste, bis alle Nachtigallen draußen erwachten und Mond und Sterne schon lange über dem Garten standen. Ja, das war einmal eine gute schöne Nacht!

Es wird keinem an der Wiege gesungen, was künftig aus ihm wird, eine blinde Henne find't manchmal auch ein Korn, wer zuletzt lacht, lacht am besten, unverhofft kommt oft, der Mensch denkt und Gott lenkt, so meditier ich, als ich am folgenden Tage wieder mit meiner Pfeife im Garten saß und es mir dabei, da ich so aufmerksam an mir heruntersah, fast vorkommen wollte, als wäre ich doch eigentlich ein rechter Lump. – Ich stand nunmehr, ganz wider meine sonstige Gewohnheit, alle Tage sehr zeitig auf, eh sich noch der Gärtner und die andern Arbeiter rührten. Da war es so wunderschön draußen im Garten. Die Blumen, die Springbrunnen, die Rosenbüsche und der ganze Garten funkelten von der Morgensonne wie lauter Gold und Edelstein. Und in den hohen Buchenalleen, da war es noch so still, kühl und andächtig wie in einer Kirche, nur die Vögel flatterten und pickten auf dem Sande. Gleich vor dem Schlosse, grade unter den Fenstern, wo die schöne Frau wohnte, war ein blühender Strauch. Dorthin ging ich dann immer am frühesten Morgen und duckte mich hinter die Äste, um so nach den Fenstern zu sehen, denn mich im Freien zu produzieren hatt ich keine Courage. Da sah ich nun allemal die allerschönste Dame noch heiß und halb verschlafen im schneeweißen Kleide an das offne Fenster hervortreten. Bald flocht sie sich die dunkelbraunen Haare und ließ dabei die anmutig spielenden Augen über Busch und Garten ergehen, bald bog und band sie die Blumen, die vor ihrem Fenster standen, oder sie nahm auch die Gitarre in den weißen Arm und sang dazu so wundersam über den Garten hinaus, dass sich mir noch das Herz umwenden will vor Wehmut, wenn mir eins von den Liedern bisweilen einfällt – und ach das alles ist schon lange her!

14

So dauerte das wohl über eine Woche. Aber das eine Mal, sie stand grade wieder am Fenster und alles war stille rings umher, fliegt mir eine fatale Fliege in die Nase und ich gebe mich an ein erschreckliches Niesen, das gar nicht enden will. Sie legt sich weit zum Fenster hinaus und sieht mich Ärmsten hinter dem Strauche lauschen. – Nun schämte ich mich und kam viele Tage nicht hin.

Endlich wagte ich es wieder, aber das Fenster blieb diesmal zu, ich saß vier, fünf, sechs Morgen hinter dem Strauche, aber sie kam nicht wieder ans Fenster. Da wurde mir die Zeit lang, ich fasste ein Herz und ging nun alle Morgen frank und frei längs dem Schlosse unter allen Fenstern hin. Aber die liebe schöne Frau blieb immer und immer aus. Eine Strecke weiter sah ich dann immer die andere Dame am Fenster stehn. Ich hatte sie sonst so genau noch niemals gesehen. Sie war wahrhaftig recht schön rot und dick und gar prächtig und hoffärtig anzusehn, wie eine Tulipane. Ich machte ihr immer ein tiefes Kompliment, und, ich kann nicht anders sagen, sie dankte mir jedes Mal und nickte und blinzelte mit den Augen dazu ganz außerordentlich höflich. – Nur ein einziges Mal glaub ich gesehn zu haben, dass auch die Schöne an ihrem Fenster hinter der Gardine stand und versteckt hervorguckte. –

Viele Tage gingen jedoch ins Land, ohne dass ich sie sah. Sie kam nicht mehr in den Garten, sie kam nicht mehr ans Fenster. Der Gärtner schalt mich einen faulen Bengel, ich war verdrüsslich, meine eigne Nasenspitze war mir im Wege, wenn ich in Gottes freie Welt hinaussah.

So lag ich eines Sonntags Nachmittag im Garten und ärgerte mich, wie ich so in die blauen Wolken meiner Tabakspfeife hinaussah, dass ich mich nicht auf ein anderes Handwerk gelegt, und mich also morgen nicht auch wenigstens auf einen blauen Montag zu freuen hätte. Die andern Bursche waren indes alle wohlausstaffiert nach den Tanzböden in der nahen Vorstadt hinausgezogen. Da wallte und wogte alles im Sonntagsputze in der warmen Luft zwischen den lichten Häusern und wandernden

15

Leierkasten schwärmend hin und zurück. Ich aber saß wie ein Rohrdommel im Schilfe eines einsamen Weihers im Garten und schaukelte mich auf dem Kahne, der dort angebunden war, während die Vesperglocken aus der Stadt über den Garten herüberschallten und die Schwäne auf dem Wasser langsam neben mir hin und her zogen. Mir war zum Sterben bange. –

Währenddes hörte ich von weitem allerlei Stimmen, lustiges Durcheinandersprechen und Lachen, immer näher und näher, dann schimmerten rot' und weiße Tücher, Hüte und Federn durchs Grüne, auf einmal kommt ein heller lichter Haufen von jungen Herren und Damen vom Schlosse über die Wiese auf mich los, meine beiden Damen mitten unter ihnen. Ich stand auf und wollte weggehen, da erblickte mich die ältere von den schönen Damen. »Ei, das ist ja wie gerufen«, rief sie mir mit lachendem Munde zu, »fahr Er uns doch an das jenseitige Ufer über den Teich!« Die Damen stiegen nun eine nach der andern vorsichtig und furchtsam in den Kahn, die Herren halfen ihnen dabei und machten sich ein wenig groß mit ihrer Kühnheit auf dem Wasser. Als sich darauf die Frauen alle auf die Seitenbänke gelagert hatten, stieß ich vom Ufer. Einer von den jungen Herren, der ganz vorn stand, fing unmerklich an zu schaukeln. Da wandten sich die Damen furchtsam hin und her, einige schrien gar. Die schöne Frau welche eine Lilie in der Hand hielt, saß dicht am Bord des Schiffleins und sah stilllächelnd in die klaren Wellen hinunter, die sie mit der Lilie berührte, sodass ihr ganzes Bild zwischen den widerscheinenden Wolken und Bäumen im Wasser noch einmal zu sehen war, wie ein Engel, der leise durch den tiefen blauen Himmelsgrund zieht.

Wie ich noch so auf sie hinsehe, fällt's auf einmal der andern lustigen Dicken von meinen zwei Damen ein, ich sollte ihr während der Fahrt eins singen. Geschwind dreht sich ein sehr zierlicher junger Herr mit einer Brille auf der Nase, der neben ihr saß, zu ihr herum, küsst ihr sanft die Hand und sagt: »Ich danke Ihnen für den sinnigen Einfall! ein Volkslied, *gesungen* vom Volk in freiem Feld und Wald, ist ein Alpenröslein auf der

Alpe selbst, – die Wunderhörner sind nur Herbarien, – ist die Seele der Nationalseele.« Ich aber sagte, ich wisse nichts zu singen, was für solche Herrschaften schön genug wäre. Da sagte die schnippische Kammerjungfer, die mit einem Korbe voll Tassen und Flaschen hart neben mir stand und die ich bis jetzt noch gar nicht bemerkt hatte: »Weiß Er doch ein recht hübsches Liedchen von einer vielschönen Fraue.« »Ja, ja, das sing Er nur recht dreist weg«, rief darauf sogleich die Dame wieder. Ich wurde über und über rot. – Indem blickte auch die schöne Frau auf einmal vom Wasser auf, und sah mich an, dass es mir durch Leib und Seele ging. Da besann ich mich nicht lange, fasst ein Herz, und sang so recht aus voller Brust und Lust:

Wohin ich geh und schaue,
In Feld und Wald und Tal
Vom Berg hinab in die Aue:
Viel schöne, hohe Fraue,
Grüß ich Dich tausendmal.

In meinem Garten find ich
Viel Blumen, schön und fein,
Viel Kränze wohl draus wind ich
Und tausend Gedanken bind ich
Und Grüße mit darein.

Ihr darf ich keinen reichen,
Sie ist zu hoch und schön,
Die müssen alle verbleichen,
Die Liebe nur ohnegleichen
Bleibt ewig im Herzen stehn.

Ich schein wohl froher Dinge
Und schaffe auf und ab,
Und, ob das Herz zerspringe,
Ich grabe fort und singe
Und grab mir bald mein Grab.

17

Wir stießen ans Land, die Herrschaften stiegen alle aus, viele von den jungen Herren hatten mich, ich bemerkt es wohl, während ich sang, mit listigen Mienen und Flüstern verspottet vor den Damen. Der Herr mit der Brille fasste mich im Weggehen bei der Hand und sagte mir, ich weiß selbst nicht mehr was, die ältere von meinen Damen sah mich sehr freundlich an. Die schöne Frau hatte während meines ganzen Liedes die Augen niedergeschlagen und ging nun auch fort und sagte gar nichts. – Mir aber standen die Tränen in den Augen schon wie ich noch sang, das Herz wollte mir zerspringen von dem Liede vor Scham und vor Schmerz, es fiel mir jetzt auf einmal alles recht ein, wie Sie so schön ist und ich so arm bin und verspottet und verlassen von der Welt, – und als sie alle hinter den Büschen verschwunden waren, da konnt ich mich nicht länger halten, ich warf mich in das Gras hin und weinte bitterlich.

Zweites Kapitel

Dicht am herrschaftlichen Garten ging die Landstraße vorüber, nur durch eine hohe Mauer von derselben geschieden. Ein gar sauberes Zollhäuschen mit rotem Ziegeldache war da erbaut, und hinter demselben ein kleines buntumzäuntes Blumengärtchen, das durch eine Lücke in der Mauer des Schlossgartens hindurch an den schattigsten und verborgensten Teil des Letzteren stieß. Dort war eben der Zolleinnehmer gestorben, der das alles sonst bewohnte. Da kam des einen Morgens frühzeitig, da ich noch im tiefsten Schlafe lag, der Schreiber vom Schlosse zu mir und rief mich schleunigst zum Herrn Amtmann. Ich zog mich geschwind an und schlenderte hinter dem luftigen Schreiber her, der unterwegs bald da bald dort eine Blume abbrach und vorn an den Rock steckte, bald mit seinem Spazierstöckchen künstlich in der Luft herumfocht und allerlei zu mir in den Wind hineinparlierte, wovon ich aber nichts verstand, weil mir die Augen und Ohren noch voller Schlaf lagen. Als ich in die Kanzlei trat, wo es noch gar nicht recht Tag war, sah der Amtmann hinter einem ungeheuren Dintenfasse und Stößen von Papier und Büchern und einer ansehnlichen Perücke, wie die Eule aus ihrem Nest, auf mich und hob an: »Wie heißt Er? Woher ist Er? Kann Er schreiben, lesen und rechnen?« Da ich das bejahte, versetzte er: »Na, die gnädige Herrschaft hat Ihm, in Betrachtung Seiner guten Aufführung und besondern Meriten, die ledige Einnehmerstelle zugedacht.« – Ich überdachte in der Geschwindigkeit für mich meine bisherige Aufführung und Manieren, und ich musste gestehen, ich fand am Ende selber, dass der Amtmann recht hatte. – Und so war ich denn wirklich Zolleinnehmer, ehe ich mich's versah.

Ich bezog nun sogleich meine neue Wohnung und war in kurzer Zeit eingerichtet. Ich hatte noch mehrere Gerätschaften gefunden, die der selige Einnehmer seinem Nachfolger hinterlassen, unter andern einen prächtigen roten Schlafrock mit gelben Punkten, grüne Pantoffeln, eine Schlafmütze und einige Pfeifen mit langen Röhren. Das alles hatte ich mir schon einmal gewünscht als ich noch zu Hause war, wo ich immer unsern Pfarrer so kommode herumgehen sah. Den ganzen Tag, (zu tun hatte ich weiter nichts) saß ich daher auf dem Bänkchen vor meinem Hause in Schlafrock und Schlafmütze, rauchte Tabak aus dem längsten Rohre, das ich nach dem seligen Einnehmer gefunden hatte, und sah zu, wie die Leute auf der Landstraße hin und her gingen, fuhren und ritten. Ich wünschte nur immer, dass auch einmal ein paar Leute aus meinem Dorfe, die immer sagten, aus mir würde mein Lebtage nichts, hier vorüberkommen und mich so sehen möchten. – Der Schlafrock stand mir schön zu Gesichte, und überhaupt das alles behagte mir sehr gut. So saß ich denn da und dachte mir mancherlei hin und her, wie aller Anfang schwer ist, wie das vornehmere Leben doch eigentlich recht kommode sei, und fasste heimlich den Entschluss, nunmehr alles Reisen zu lassen, auch Geld zu sparen wie die andern, und es mit der Zeit gewiss zu etwas Großem in der Welt zu bringen. Inzwischen vergaß ich über meinen Entschlüssen, Sorgen und Geschäften die allerschönste Frau keineswegs.

Die Kartoffeln und anderes Gemüse, das ich in meinem kleinen Gärtchen fand, warf ich hinaus und bebaute es ganz mit den auserlesensten Blumen, worüber mich der Portier vom Schlosse mit der großen kurfürstlichen Nase, der, seitdem ich hier wohnte, oft zu mir kam und mein intimer Freund geworden war, bedenklich von der Seite ansah, und mich für einen hielt, den sein plötzliches Glück verrückt gemacht hätte. Ich aber ließ mich das nicht anfechten. Denn nicht weit von mir im herrschaftlichen Garten hörte ich feine Stimmen sprechen, unter denen ich die meiner schönen Frau zu erkennen meinte, obgleich ich wegen des dichten Gebüsches niemand sehen konnte. Da band ich denn alle Tage einen Strauß von den schönsten Blumen die ich hatte, stieg jeden Abend, wenn es dunkel wurde, über die Mauer, und legte ihn auf einen steinernen Tisch hin, der dort inmitten einer

Laube stand; und jeden Abend wenn ich den neuen Strauß brachte, war der alte von dem Tische fort.

Eines Abends war die Herrschaft auf die Jagd geritten; die Sonne ging eben unter und bedeckte das ganze Land mit Glanz und Schimmer, die Donau schlängelte sich prächtig wie von lauter Gold und Feuer in die weite Ferne, von allen Bergen bis tief ins Land hinein sangen und jauchzten die Winzer. Ich saß mit dem Portier auf dem Bänkchen vor meinem Hause, und freute mich in der lauen Luft, und wie der lustige Tag so langsam vor uns verdunkelte und verhallte. Da ließen sich auf einmal die Hörner der zurückkehrenden Jäger von Ferne vernehmen, die von den Bergen gegenüber einander von Zeit zu Zeit lieblich Antwort gaben. Ich war recht im innersten Herzen vergnügt und sprang auf und rief wie bezaubert und verzückt vor Lust: »Nein, das ist mir doch ein Metier, die edle Jägerei!« Der Portier aber klopfte sich ruhig die Pfeife aus und sagte: »Das denkt Ihr Euch just so. Ich habe es auch mitgemacht, man verdient sich kaum die Sohlen, die man sich abläuft; und Husten und Schnupfen wird man erst gar nicht los, das kommt von den ewig nassen Füßen.« – Ich weiß nicht, mich packte da ein närrischer Zorn, dass ich ordentlich am ganzen Leibe zitterte. Mir war auf einmal der ganze Kerl mit seinem langweiligen Mantel, die ewigen Füße, sein Tabaksschnupfen, die große Nase und alles abscheulich. – Ich fasste ihn, wie außer mir, bei der Brust und sagte: »Portier, jetzt schert Ihr Euch nach Hause, oder ich prügle Euch hier sogleich durch!« Den Portier überfiel bei diesen Worten seine alte Meinung, ich wäre verrückt geworden. Er sah mich bedenklich und mit heimlicher Furcht an, machte sich, ohne ein Wort zu sprechen, von mir los und ging, immer noch unheimlich nach mir zurückblickend, mit langen Schritten nach dem Schlosse, wo er atemlos aussagte, ich sei nun wirklich rasend geworden.

Ich aber musste am Ende laut auflachen und war herzlich froh, den superklugen Gesellen los zu sein, denn es war grade die Zeit, wo ich den Blumenstrauß immer in die Laube zu legen pflegte. Ich sprang auch heute schnell über die Mauer und ging eben auf das steinerne Tischchen los, als ich in einiger Entfernung Pferde-tritte vernahm. Entspringen konnt ich nicht mehr, denn schon kam meine schöne gnädige Frau selber, in einem grünen Jagdha-bit und mit nickenden Federn auf dem Hute, langsam und wie es schien in tiefen Gedanken die Allee herabgeritten. Es war mir nicht anders zumute, als da ich sonst in den alten Büchern bei meinem Vater von der schönen Magelone gelesen, wie sie so zwi-schen den immer näher schallenden Waldhornsklängen und wechselnden Abendlichtern unter den hohen Bäumen hervor-kam, – ich konnte nicht vom Fleck. Sie aber erschrak heftig, als sie mich auf einmal gewahr wurde, und hielt fast unwillkürlich still. Ich war wie betrunken vor Angst, Herzklopfen und großer Freude, und da ich bemerkte, dass sie wirklich meinen Blumen-strauß von gestern an der Brust hatte, konnte ich mich nicht län-ger halten, sondern sagte ganz verwirrt: »Schönste gnädige Frau, nehmt auch noch diesen Blumenstrauß von mir, und alle Blumen aus meinem Garten und alles was ich habe. Ach könnt ich nur für Euch ins Feuer springen!« – Sie hatte mich gleich anfangs so ernsthaft und fast böse angeblickt, dass es mir durch Mark und Bein ging, dann aber hielt sie, solange ich redete, die Augen tief niedergeschlagen. Soeben ließen sich einige Reuter und Stimmen im Gebüsch hören. Da ergriff sie schnell den Strauß aus meiner Hand und war bald, ohne ein Wort zu sagen, am andern Ende des Bogenganges verschwunden.

Seit diesem Abend hatte ich weder Ruh noch Rast mehr. Es war mir beständig zumute wie sonst immer, wenn der Frühling anfangen sollte, so unruhig und fröhlich, ohne dass ich wusste warum, als stünde mir ein großes Glück oder sonst etwas Außer-ordentliches bevor. Besonders das fatale Rechnen wollte mir nun erst gar nicht mehr von der Hand, und ich hatte, wenn der Son-nenschein durch den Kastanienbaum vor dem Fenster grüngol-den auf die Ziffern fiel, und so fix vom Transport bis zum Latus und wieder hinauf und hinab addierte, gar seltsame Gedanken dabei, sodass ich manchmal ganz verwirrt wurde, und wahrhaf-tig nicht bis drei zählen konnte. Denn die Acht kam mir immer vor wie meine dicke enggeschnürte Dame mit dem breiten Kopfputz, die böse Sieben war gar wie ein ewig rückwärts zeigender Wegweiser oder Galgen. – Am meisten Spaß machte mir noch die Neun, die sich mir so oft, eh ich mich's versah, lustig als Sechs auf den Kopf stellte, während die Zwei wie ein Fragezeichen so pfiffig dreinsah, als wollte sie mich fragen: Wo soll das am Ende noch hinaus mit dir, du arme Null? Ohne *Sie*, diese schlanke Eins und Alles, bleibst du doch ewig Nichts!

Auch das Sitzen draußen vor der Tür wollte mir nicht mehr behagen. Ich nahm mir, um es kommoder zu haben, einen Schemel mit heraus und streckte die Füße darauf, ich flickte ein altes Parasol vom Einnehmer, und steckte es gegen die Sonne wie ein chinesisches Lusthaus über mich. Aber es half nichts. Es schien mir, wie ich so saß und rauchte und spekulierte, als würden mir allmählig die Beine immer länger vor Langerweile, und die Nase wüchse mir vom Nichtstun, wenn ich so stundenlang an ihr heruntersah. – Und wenn denn manchmal noch vor Tagesanbruch eine Extrapost vorbeikam, und ich trat halb verschlafen in die kühle Luft hinaus, und ein niedliches Gesichtchen, von dem man in der Dämmerung nur die funkelnden Augen sah, bog sich neugierig zum Wagen hervor und bot mir freundlich einen guten Morgen, in den Dörfern aber ringsumher krähten die Hähne so frisch über die leisewogenden Kornfelder herüber, und zwischen den Morgenstreifen hoch am Himmel schweiften schon einzelne zu früh erwachte Lerchen, und der Postillon nahm dann sein Posthorn und fuhr weiter und blies und blies – da stand ich lange und sah dem Wagen nach, und es war mir nicht anders, als müsst ich nur sogleich mit fort, weit, weit in die Welt. –

Meine Blumensträuße legte ich indes immer noch, sobald die Sonne unterging, auf den steinernen Tisch in der dunkeln Laube. Aber das war es eben: damit war es nun aus seit jenem Abend. – Kein Mensch kümmerte sich darum: sooft ich des Morgens frühzeitig nachsah, lagen die Blumen noch immer da wie gestern, und sahen mich mit ihren verwelkten niederhängenden Köpfchen und darauf stehenden Tautropfen ordentlich betrübt an, als ob sie weinten. – Das verdross mich sehr. Ich band gar keinen Strauß mehr. In meinem Garten mochte nun auch das Unkraut treiben wie es wollte, und die Blumen ließ ich ruhig stehn und wachsen bis der Wind die Blätter verwehte. War mir's doch ebenso wild und bunt und verstört im Herzen.

In diesen kritischen Zeitläuften geschah es denn, dass einmal, als ich eben zu Hause im Fenster liege und verdrüsslich in die leere Luft hinaussehe, die Kammerjungfer vom Schlosse über die Straße dahergetrippelt kommt. Sie lenkte, da sie mich erblickte, schnell zu mir ein und blieb am Fenster stehen. – »Der gnädige Herr ist gestern von seiner Reise zurückgekommen«, sagte sie eilfertig. »So?«, entgegnete ich verwundert – denn ich hatte mich schon seit einigen Wochen um nichts bekümmert, und wusste nicht einmal, dass der Herr auf Reisen war, – »da wird seine Tochter, die junge gnädige Frau, auch große Freude gehabt haben.« – Die Kammerjungfer sah mich kurios von oben bis unten an, sodass ich mich ordentlich selber besinnen musste, ob ich was Dummes gesagt hätte. – »Er weiß aber auch gar nichts«, sagte sie endlich und rümpfte das kleine Näschen. »Nun«, fuhr sie fort, »es soll heute Abend dem Herrn zu Ehren Tanz im Schlosse sein und Maskerade. Meine gnädige Frau wird auch maskiert sein, als Gärtnerin – versteht Er auch recht – als Gärtnerin. Nun hat die gnädige Frau gesehen, dass Er besonders schöne Blumen hat in seinem Garten.« – Das ist seltsam, dachte ich bei mir selbst, man sieht doch jetzt fast keine Blumen mehr vor Unkraut. – Sie aber fuhr fort: »Da nun die gnädige Frau schöne Blumen zu ihrem Anzuge braucht, aber ganz frische, die eben vom Beete kommen, so soll Er ihr welche bringen und heute Abend, wenn's dunkel geworden ist, damit unter dem großen Birnbaum im Schlossgarten warten, da wird sie dann kommen und die Blumen abholen.«

Ich war ganz verblüfft vor Freude über diese Nachricht, und lief in meiner Entzückung vom Fenster zu der Kammerjungfer hinaus. –

»Pfui, der garstige Schlafrock!«, rief diese aus, da sie mich auf einmal so in meinem Aufzuge im Freien sah. Das ärgerte mich, ich wollte auch nicht dahinter bleiben in der Galanterie, und machte einige artige Kapriolen, um sie zu erhaschen und zu küssen. Aber unglücklicherweise verwickelte sich mir dabei der Schlafrock, der mir viel zu lang war, unter den Füßen, und ich fiel der Länge nach auf die Erde. Als ich mich wieder zusammenraffte, war die Kammerjungfer schon weit fort, und ich hörte sie noch von Ferne lachen, dass sie sich die Seiten halten musste.

Nun aber hatt ich was zu sinnen und mich zu freuen. Sie dachte ja noch immer an mich und meine Blumen! Ich ging in mein Gärtchen und riss hastig alles Unkraut von den Beeten, und warf es hoch über meinen Kopf weg in die schimmernde Luft, als zög ich alle Übel und Melancholie mit der Wurzel heraus. Die Rosen waren nun wieder wie *ihr* Mund, die himmelblauen Winden wie ihre Augen, die schneeweiße Lilie mit ihrem schwermütig gesenkten Köpfchen sah ganz aus wie *Sie*. Ich legte alle sorgfältig in einem Körbchen zusammen. Es war ein stiller schöner Abend und kein Wölkchen am Himmel. Einzelne Sterne traten schon am Firmamente hervor, von weitem rauschte die Donau über die Felder herüber, in den hohen Bäumen im herrschaftlichen Garten neben mir sangen unzählige Vögel lustig durcheinander. Ach, ich war so glücklich!

Als endlich die Nacht hereinbrach, nahm ich mein Körbchen an den Arm und machte mich auf den Weg nach dem großen Garten. In dem Körbchen lag alles so bunt und anmutig durcheinander, weiß, rot, blau und duftig, dass mir ordentlich das Herz lachte, wenn ich hineinsah.

Ich ging voller fröhlicher Gedanken bei dem schönen Mondschein durch die stillen, reinlich mit Sand bestreuten Gänge über die kleinen weißen Brücken, unter denen die Schwäne eingeschlafen auf dem Wasser saßen, an den zierlichen Lauben und Lusthäusern vorüber. Den großen Birnbaum hatte ich gar bald aufgefunden, denn es war derselbe, unter dem ich sonst, als ich noch Gärtnerbursche war, an schwülen Nachmittagen gelegen.

Hier war es so einsam dunkel. Nur eine hohe Espe zitterte und flüsterte mit ihren silbernen Blättern in einem fort. Vom Schlosse schallte manchmal die Tanzmusik herüber. Auch Menschenstimmen hörte ich zuweilen im Garten, die kamen oft ganz nahe an mich heran, dann wurde es auf einmal wieder ganz still.

Mir klopfte das Herz. Es war mir schauerlich und seltsam zumute, als wenn ich jemanden bestehlen wollte. Ich stand lange Zeit stockstill an den Baum gelehnt und lauschte nach allen Seiten, da aber immer niemand kam, konnt ich es nicht länger aushalten. Ich hing mein Körbchen an den Arm und kletterte schnell auf den Birnbaum hinauf, um wieder im Freien Luft zu schöpfen.

Da droben schallte mir die Tanzmusik erst recht über die Wipfel entgegen. Ich übersah den ganzen Garten und grade in die hellerleuchteten Fenster des Schlosses hinein. Dort drehten sich die Kronleuchter langsam wie Kränze von Sternen, unzählige geputzte Herren und Damen, wie in einem Schattenspiele, wogten und walzten und wirrten da bunt und unkenntlich durcheinander, manchmal legten sich welche ins Fenster und sahen hinunter in den Garten. Draußen vor dem Schlosse aber waren der Rasen, die Sträucher und die Bäume von den vielen Lichtern aus dem Saale wie vergoldet, sodass ordentlich die Blumen und die Vögel aufzuwachen schienen. Weiterhin um mich herum und hinter mir lag der Garten so schwarz und still.

Da tanzt *Sie* nun, dacht ich in dem Baume droben bei mir selber, und hat gewiss lange wieder dich und deine Blumen vergessen. Alles ist so fröhlich, um dich kümmert sich kein Mensch. – Und so geht es mir überall und immer. Jeder hat sein Plätzchen auf der Erde ausgesteckt, hat seinen warmen Ofen, seine Tasse Kaffee, seine Frau, sein Glas Wein zu Abend, und ist so recht zufrieden; selbst dem Portier ist ganz wohl in seiner langen Haut. – Mir ist's nirgends recht. Es ist, als wäre ich überall eben zu spät gekommen, als hätte die ganze Welt gar nicht auf mich gerechnet. –

Wie ich eben so philosophiere, höre ich auf einmal unten im

Grase etwas einherrascheln. Zwei feine Stimmen sprechen ganz nahe und leise miteinander. Bald darauf bogen sich die Zweige in dem Gesträuch auseinander, und die Kammerjungfer steckte ihr kleines Gesichtchen, sich nach allen Seiten umsehend, zwischen der Laube hindurch. Der Mondschein funkelte recht auf ihren pfiffigen Augen, wie sie hervorguckten. Ich hielt den Atem an mich und blickte unverwandt hinunter. Es dauerte auch nicht lange, so trat wirklich die Gärtnerin, ganz so wie mir sie die Kammerjungfer gestern beschrieben hatte, zwischen den Bäumen heraus. Mein Herz klopfte mir zum Zerspringen. Sie aber hatte eine Larve vor und sah sich, wie mir schien, verwundert auf dem Platze um. – Da wollt's mir vorkommen, als wäre sie gar nicht recht schlank und niedlich. – Endlich trat sie ganz nahe an den Baum und nahm die Larve ab. – Es war wahrhaftig die andere ältere gnädige Frau!

Wie froh war ich nun, als ich mich vom ersten Schreck erholt hatte, dass ich mich hier oben in Sicherheit befand. Wie in aller Welt, dachte ich, kommt *die* nur jetzt hierher? wenn nun die liebe schöne gnädige Frau die Blumen abholt, – das wird eine schöne Geschichte werden! Ich hätte am Ende weinen mögen vor Ärger über den ganzen Spektakel.

Indem hub die verkappte Gärtnerin unten an: »Es ist so stickend heiß droben im Saale, ich musste mich ein wenig abkühlen gehen in der freien schönen Natur.« Dabei fächelte sie sich mit der Larve in einem fort und blies die Luft von sich. Bei dem hellen Mondschein konnt ich deutlich erkennen, wie ihr die Flechsen am Halse ordentlich aufgeschwollen waren; sie sah ganz erbost aus und ziegelrot im Gesichte. Die Kammerjungfer suchte unterdes hinter allen Hecken herum, als hätte sie eine Stecknadel verloren. –

»Ich brauche so notwendig noch frische Blumen zu meiner Maske«, fuhr die Gärtnerin von neuem fort, »wo er auch stecken mag!« – Die Kammerjungfer suchte und kicherte dabei immerfort heimlich in sich selbst hinein. – »Sagtest du was, Rosette?«, fragte die Gärtnerin spitzig. – »Ich sage was ich immer gesagt

27

habe«, erwiderte die Kammerjungfer und machte ein ganz ernsthaftes treuherziges Gesicht, »der ganze Einnehmer ist und bleibt ein Lümmel, er liegt gewiss irgendwo hinter einem Strauche und schläft.«

Mir zuckte es in allen meinen Gliedern, herunterzuspringen und meine Reputation zu retten – da hörte man auf einmal ein großes Pauken und Musizieren und Lärmen vom Schlosse her.

Nun hielt sich die Gärtnerin nicht länger. »Da bringen die Menschen«, fuhr sie verdrüsslich auf, »dem Herrn das Vivat. Komm, man wird uns vermissen!« – Und hiermit steckte sie die Larve schnell vor und ging wütend mit der Kammerjungfer nach dem Schlosse zu fort. Die Bäume und Sträucher wiesen kurios, wie mit langen Nasen und Fingern hinter ihr drein, der Mondschein tanzte noch fix, wie über eine Klaviatur, über ihre breite Taille auf und nieder, und so nahm sie, so recht wie ich auf dem Theater manchmal die Sängerinnen gesehn, unter Trompeten und Pauken schnell ihren Abzug.

Ich aber wusste in meinem Baume droben eigentlich gar nicht recht, wie mir geschehen, und richtete nunmehr meine Augen unverwandt auf das Schloss hin; denn ein Kreis hoher Windlichter unten an den Stufen des Einganges warf dort einen seltsamen Schein über die blitzenden Fenster und weit in den Garten hinein. Es war die Dienerschaft, die soeben ihrer jungen Herrschaft ein Ständchen brachte. Mitten unter ihnen stand der prächtig aufgeputzte Portier wie ein Staatsminister, vor einem Notenpulte, und arbeitete sich emsig an einem Fagott ab.

Wie ich mich soeben zurechtsetzte, um der schönen Serenade zuzuhören, gingen auf einmal oben auf dem Balkon des Schlosses die Flügeltüren auf. Ein hoher Herr, schön und stattlich in Uniform und mit vielen funkelnden Sternen, trat auf den Balkon heraus, und an seiner Hand – die schöne junge gnädige Frau, in ganz weißem Kleide, wie eine Lilie in der Nacht, oder wie wenn der Mond über das klare Firmament zöge.

Ich konnte keinen Blick von dem Platze verwenden, und Garten, Bäume und Felder gingen unter vor meinen Sinnen, wie sie so wundersam beleuchtet von den Fackeln, hoch und schlank da stand, und bald anmutig mit dem schönen Offizier sprach, bald wieder freundlich zu den Musikanten herunternickte. Die Leute unten waren außer sich vor Freude, und ich hielt mich am Ende auch nicht mehr und schrie immer aus Leibeskräften Vivat mit. –

Als sie aber bald darauf wieder von dem Balkon verschwand, unten eine Fackel nach der andern verlöschte, und die Notenpulte weggeräumt wurden, und nun der Garten ringsumher auch wieder finster wurde und rauschte wie vorher – da merkt ich erst alles – da fiel es mir auf einmal aufs Herz, dass mich wohl eigentlich nur die Tante mit den Blumen bestellt hatte, dass die Schöne gar nicht an mich dachte und lange verheiratet ist, und dass ich selber ein großer Narr war.

Alles das versenkte mich recht in einen Abgrund von Nachsinnen. Ich wickelte mich, gleich einem Igel, in die Stacheln meiner eignen Gedanken zusammen; vom Schlosse schallte die Tanzmusik nur noch seltner herüber, die Wolken wanderten einsam über den dunkeln Garten weg. Und so saß ich auf dem Baume droben, wie die Nachteule, in den Ruinen meines Glücks die ganze Nacht hindurch.

Die kühle Morgenluft weckte mich endlich aus meinen Träumereien. Ich erstaunte ordentlich, wie ich so auf einmal um mich her blickte. Musik und Tanz war lange vorbei, im Schlosse und rings um das Schloss herum auf dem Rasenplatze und den steinernen Stufen und Säulen sah alles so still, kühl und feierlich aus; nur der Springbrunnen vor dem Eingange plätscherte einsam in einem fort. Hin und her in den Zweigen neben mir erwachten schon die Vögel, schüttelten ihre bunten Federn und sahen, die kleinen Flügel dehnend, neugierig und verwundert ihren seltsamen Schlafkameraden an. Fröhlich schweifende Morgenstrahlen funkelten über den Garten weg auf meine Brust.

Da richtete ich mich in meinem Baume auf, und sah seit langer Zeit zum ersten Male wieder einmal so recht weit in das Land hinaus, wie da schon einzelne Schiffe auf der Donau zwischen den Weinbergen herabfuhren, und die noch leeren Landstraßen wie Brücken über das schimmernde Land sich fern über die Berge und Täler hinausschwangen.

Ich weiß nicht wie es kam – aber mich packte da auf einmal wieder meine ehemalige Reiselust: alle die alte Wehmut und Freude und große Erwartung. Mir fiel dabei zugleich ein, wie nun die schöne Frau droben auf dem Schlosse zwischen Blumen und unter seidnen Decken schlummerte, und ein Engel bei ihr auf dem Bette säße in der Morgenstille. – Nein, rief ich aus, fort muss ich von hier, und immer fort, so weit als der Himmel blau ist!

Und hiermit nahm ich mein Körbchen, und warf es hoch in die Luft, sodass es recht lieblich anzusehen war, wie die Blumen zwischen den Zweigen und auf dem grünen Rasen unten bunt umherlagen. Dann stieg ich selber schnell herunter und ging durch den stillen Garten auf meine Wohnung zu. Gar oft blieb ich da noch stehen auf manchem Plätzchen, wo ich sie sonst wohl einmal gesehen, oder im Schatten liegend an Sie gedacht hatte.

In und um mein Häuschen sah alles noch so aus, wie ich es gestern verlassen hatte. Das Gärtchen war geplündert und wüst, im Zimmer drin lag noch das große Rechnungsbuch aufgeschlagen, meine Geige, die ich schon fast ganz vergessen hatte, hing verstaubt an der Wand. Ein Morgenstrahl aber, aus dem gegenüberstehenden Fenster, fuhr grade blitzend über die Saiten. Das gab einen rechten Klang in meinem Herzen. Ja, sagt ich, komm nur her, du getreues Instrument! Unser Reich ist nicht von dieser Welt! –

Und so nahm ich die Geige von der Wand, ließ Rechnungsbuch, Schlafrock, Pantoffeln, Pfeifen und Parasol liegen und wanderte, arm wie ich gekommen war, aus meinem Häuschen und auf der glänzenden Landstraße von dannen.

Ich blickte noch oft zurück; mir war gar seltsam zumute, so traurig und doch auch wieder so überaus fröhlich, wie ein Vogel, der aus seinem Käfig ausreißt. Und als ich schon eine weite Strecke gegangen war, nahm ich draußen im Freien meine Geige vor und sang:

Den lieben Gott lass ich nur walten;
Der Bächlein, Lerchen, Wald und Feld
Und Erd und Himmel tut erhalten,
Hat auch mein Sach aufs Best bestellt!

Das Schloss, der Garten und die Türme von Wien waren schon hinter mir im Morgenduft versunken, über mir jubilierten unzählige Lerchen hoch in der Luft; so zog ich zwischen den grünen Bergen und an lustigen Städten und Dörfern vorbei gen Italien hinunter.

Drittes Kapitel

Aber das war nun schlimm! Ich hatte noch gar nicht daran gedacht, dass ich eigentlich den rechten Weg nicht wusste. Auch war ringsumher kein Mensch zu sehen in der stillen Morgenstunde, den ich hätte fragen können, und nicht weit von mir teilte sich die Landstraße in viele neue Landstraßen, die gingen weit, weit über die höchsten Berge fort, als führten sie aus der Welt hinaus, sodass mir ordentlich schwindelte, wenn ich recht hinsah.

Endlich kam ein Bauer des Weges daher, der, glaub ich, nach der Kirche ging, da es heut eben Sonntag war, in einem altmodischen Überrocke mit großen silbernen Knöpfen und einem langen spanischen Rohr mit einem sehr massiven silbernen Stockknopf darauf, der schon von weiten in der Sonne funkelte. Ich frug ihn sogleich mit vieler Höflichkeit: »Können Sie mir nicht sagen, wo der Weg nach Italien geht?« – Der Bauer blieb stehen, sah mich an, besann sich dann mit weit vorgeschobner Unterlippe, und sah mich wieder an. Ich sagte noch einmal: »nach Italien, wo die Pomeranzen wachsen«. – »Ach was gehn mich Seine Pomeranzen an!«, sagte der Bauer da, und schritt wacker wieder weiter. Ich hätte dem Manne mehr Konduite zugetraut, denn er sah recht stattlich aus.

Was war nun zu machen? Wieder umkehren und in mein Dorf zurückgehn? Da hätten die Leute mit den Fingern auf mich gewiesen, und die Jungen wären um mich herumgesprungen: Ei, tausend willkommen aus der Welt! wie sieht es denn aus in der Welt? hat er uns nicht Pfefferkuchen mitgebracht aus der Welt? – Der Portier mit der kurfürstlichen Nase, welcher überhaupt viele Kenntnisse von der Weltgeschichte hatte, sagte oft zu mir: »Wertgeschätzter Herr Einnehmer! Italien ist ein schönes Land, da sorgt der liebe Gott für alles, da kann man sich im Sonnenschein auf den Rücken legen, so wachsen einem die Rosinen ins Maul, und wenn einen die Tarantel beißt, so tanzt man mit ungemeiner Gelenkigkeit, wenn man auch sonst nicht tanzen gelernt hat.« – Nein, nach Italien, nach Italien! rief ich voller Vergnügen aus, und rannte, ohne an die verschiedenen Wege zu denken, auf der Straße fort, die mir eben vor die Füße kam.

Als ich eine Strecke so fortgewandert war, sah ich rechts von der Straße einen sehr schönen Baumgarten, wo die Morgensonne so lustig zwischen den Stämmen und Wipfeln hindurchschimmerte, dass es aussah, als wäre der Rasen mit goldenen Teppichen belegt. Da ich keinen Menschen erblickte, stieg ich über den niedrigen Gartenzaun und legte mich recht behaglich unter einem Apfelbaum ins Gras, denn von dem gestrigen Nachtlager auf dem Baume taten mir noch alle Glieder weh. Da konnte man weit ins Land hinaussehen, und da es Sonntag war, so kamen bis aus der weitesten Ferne Glockenklänge über die stillen Felder herüber und geputzte Landleute zogen überall zwischen Wiesen und Büschen nach der Kirche. Ich war recht fröhlich im Herzen, die Vögel sangen über mir im Baume, ich dachte an meine Mühle und an den Garten der schönen gnädigen Frau, und wie das alles nun so weit weit lag – bis ich zuletzt einschlummerte. Da träumte mir, als käme die schöne Fraue aus der prächtigen Gegend unten zu mir gegangen oder eigentlich langsam geflogen zwischen den Glockenklängen, mit langen weißen Schleiern, die im Morgenrote wehten. Dann war es wieder, als wären wir gar nicht in der Fremde, sondern bei meinem Dorfe an der Mühle in den tiefen Schatten. Aber da war alles still und leer, wie wenn die Leute Sonntag in der Kirche sind und nur der Orgelklang durch die Bäume herüberkommt, dass es mir recht im Herzen wehtat. Die schöne Frau aber war sehr gut und freundlich, sie hielt mich an der Hand und ging mit mir, und sang in einem fort in dieser Einsamkeit das schöne Lied, das sie damals immer frühmorgens am offenen Fenster zur Gitarre gesungen hat, und ich sah dabei ihr Bild in dem stillen Weiher, noch vieltausendmal schöner, aber mit sonderbaren großen Augen, die mich so starr ansahen, dass ich mich beinah gefürchtet hätte. – Da fing auf einmal die Mühle, erst in einzelnen langsamen Schlägen, dann immer schneller und heftiger an zu gehen und zu brausen, der Weiher wurde dunkel und kräuselte sich, die schöne Fraue wurde ganz bleich und ihre Schleier wurden immer länger und länger und flatterten entsetzlich in langen Spitzen, wie Nebelstreifen, hoch am Himmel empor; das Sausen nahm immer mehr zu, oft war es, als bliese der Portier auf seinem Fagott dazwischen, bis ich endlich mit heftigem Herzklopfen aufwachte.

Es hatte sich wirklich ein Wind erhoben, der leise über mir durch den Apfelbaum ging; aber was so brauste und rumorte, war weder die Mühle noch der Portier, sondern derselbe Bauer, der mir vorhin den Weg nach Italien nicht zeigen wollte. Er hatte aber seinen Sonntagsstaat ausgezogen und stand in einem weißen Kamisol vor mir. »Na«, sagte er, da ich mir noch den Schlaf aus den Augen wischte, »will Er etwa hier Poperenzen klauben, dass Er mir das schöne Gras so zertrampelt, anstatt in die Kirche zu gehen, Er Faulenzer!« – Mich ärgert' es nur, dass mich der Grobian aufgeweckt hatte. Ich sprang ganz erbost auf und versetzte geschwind: »Was, Er will mich hier ausschimpfen? Ich bin Gärtner gewesen, eh Er daran dachte, und Einnehmer, und wenn Er zur Stadt gefahren wäre, hätte Er die schmierige Schlafmütze vor mir abnehmen müssen, und hatte mein Haus und meinen roten Schlafrock mit gelben Punkten.« – Aber der Knollfink scherte sich gar nichts darum, sondern stemmte beide Arme in die Seiten und sagte bloß: »Was will Er denn? he! he!« Dabei sah ich, dass es eigentlich ein kurzer, stämmiger, krummbeiniger Kerl war, und vorstehende glotzende Augen und eine rote etwas schiefe Nase hatte. Und wie er immerfort nichts weiter sagte als: »he! – he!« – und dabei jedes Mal einen Schritt näher auf mich zukam, da überfiel mich auf einmal eine so kuriose grausliche Angst, dass ich mich schnell aufmachte, über den Zaun sprang und, ohne mich umzusehen, immer fort querfeldein lief, dass mir die Geige in der Tasche klang.

Als ich endlich wieder stillhielt, um Atem zu schöpfen, war der Garten und das ganze Tal nicht mehr zu sehen, und ich stand in einem schönen Walde. Aber ich gab nicht viel darauf Acht, denn jetzt ärgerte mich das Spektakel erst recht, und dass der Kerl mich immer Er nannte, und ich schimpfte noch lange im Stillen für mich. In solchen Gedanken ging ich rasch fort und kam immer mehr von der Landstraße ab, mitten in das Gebirge hinein. Der Holzweg, auf dem ich fortgelaufen war, hörte auf und ich hatte nur noch einen kleinen wenig betretenen Fußsteig vor mir. Ringsum war niemand zu sehen und kein Laut zu vernehmen. Sonst aber war es recht anmutig zu gehn, die Wipfel der Bäume rauschten und die Vögel sangen sehr schön. Ich befahl mich daher Gottes Führung, zog meine Violine hervor und spielte alle meine liebsten Stücke durch, dass es recht fröhlich in dem einsamen Walde erklang.

Mit dem Spielen ging es aber auch nicht lange, denn ich stolperte dabei jeden Augenblick über die fatalen Baumwurzeln, auch fing mich zuletzt an zu hungern, und der Wald wollte noch immer gar kein Ende nehmen. So irrte ich den ganzen Tag herum, und die Sonne schien schon schief zwischen den Baumstämmen hindurch, als ich endlich in ein kleines Wiesental hinauskam, das rings von Bergen eingeschlossen und voller roter und gelber Blumen war, über denen unzählige Schmetterlinge im Abendgolde herumflatterten. Hier war es so einsam, als läge die Welt wohl hundert Meilen weit weg. Nur die Heimchen zirpten, und ein Hirt lag drüben im hohen Grase und blies so melancholisch auf seiner Schalmei, dass einem das Herz vor Wehmut hätte zerspringen mögen. Ja, dachte ich bei mir, wer es so gut hätte, wie so ein Faulenzer! unsereiner muss sich in der Fremde herumschlagen und immer attent sein. – Da ein schönes klares Flüsschen zwischen uns lag, über das ich nicht herüberkonnte, so rief ich ihm von weiten zu: wo hier das nächste Dorf läge? Er ließ sich aber nicht stören, sondern streckte nur den Kopf ein wenig aus dem Grase hervor, wies mit seiner Schalmei auf den andern Wald hin und blies ruhig wieder weiter.

Unterdes marschierte ich fleißig fort, denn es fing schon an zu dämmern. Die Vögel, die alle noch ein großes Geschrei gemacht hatten, als die letzten Sonnenstrahlen durch den Wald schimmerten, wurden auf einmal still, und mir fing beinah an angst zu werden, in dem ewigen einsamen Rauschen der Wälder. Endlich hörte ich von ferne Hunde bellen. Ich schritt rascher fort, der Wald wurde immer lichter und lichter, und bald darauf sah ich zwischen den letzten Bäumen hindurch einen schönen grünen Platz, auf dem viele Kinder lärmten, und sich um eine große Linde herumtummelten, die recht in der Mitte stand. Weiterhin an dem Platze war ein Wirtshaus, vor dem einige Bauern um einen Tisch saßen und Karten spielten und Tabak rauchten. Von der andern Seite saßen junge Bursche und Mädchen vor der Tür, die die Arme in ihre Schürzen gewickelt hatten und in der Kühle miteinander plauderten.

Ich besann mich nicht lange, zog meine Geige aus der Tasche, und spielte schnell einen lustigen Ländler auf, während ich aus dem Walde hervortrat. Die Mädchen verwunderten sich, die Alten lachten, dass es weit in den Wald hineinschallte. Als ich aber so bis zu der Linde gekommen war, und mich mit dem Rücken dranlehnte, und immer fortspielte, da ging ein heimliches Rumoren und Gewisper unter den jungen Leuten rechts und links, die Bursche legten endlich ihre Sonntagspfeifen weg, jeder nahm die Seine, und eh ich's mich versah, schwenkte sich das junge Bauernvolk tüchtig um mich herum, die Hunde bellten, die Kittel flogen, und die Kinder standen um mich im Kreise, und sahen mir neugierig ins Gesicht und auf die Finger, wie ich so fix damit hantierte.

Wie der erste Schleifer vorbei war, konnte ich erst recht sehen, wie eine gute Musik in die Gliedmaßen fährt. Die Bauerburschen, die sich vorher, die Pfeifen im Munde, auf den Bänken reckten und die steifen Beine von sich streckten, waren nun auf einmal wie umgetauscht, ließen ihre bunten Schnupftücher vorn am Knopfloch lang herunterhängen und kapriolten so artig um die Mädchen herum, dass es eine rechte Lust anzuschauen war. Einer von ihnen, der sich schon für was Rechtes hielt, haspelte lange in seiner Westentasche, damit es die andern sehen sollten, und brachte endlich ein kleines Silberstück heraus, das er mir in die Hand drücken wollte. Mich ärgerte das, wenn ich gleich dazumal kein Geld in der Tasche hatte. Ich sagte ihm, er sollte nur seine Pfennige behalten, ich spielte nur so aus Freude, weil ich wieder bei Menschen wäre. Bald darauf aber kam ein schmuckes Mädchen mit einer großen Stampe Wein zu mir. »Musikanten trinken gern«, sagte sie, und lachte mich freundlich an, und ihre perlweißen Zähne schimmerten recht charmant zwischen den roten Lippen hindurch, sodass ich sie wohl hätte darauf küssen mögen. Sie tunkte ihr Schnäbelchen in den Wein, wobei ihre Augen über das Glas weg auf mich herüberfunkelten, und reichte mir darauf die Stampe hin. Da trank ich das Glas bis auf den Grund aus, und spielte dann wieder von Frischem, dass sich alles lustig um mich herumdrehte.

Die Alten waren unterdes von ihrem Spiel aufgebrochen, die jungen Leute fingen auch an müde zu werden und zerstreuten sich, und so wurde es nach und nach ganz still und leer vor dem Wirtshause. Auch das Mädchen, das mir den Wein gereicht hatte, ging nun nach dem Dorfe zu, aber sie ging sehr langsam, und sah sich zuweilen um, als ob sie was vergessen hätte. Endlich blieb sie stehen und suchte etwas auf der Erde, aber ich sah wohl, dass sie, wenn sie sich bückte, unter dem Arme hindurch nach mir zurückblickte. Ich hatte auf dem Schlosse Lebensart gelernt, ich sprang also geschwind herzu und sagte: »Haben Sie etwas verloren, schönste Mamsell?« – »Ach nein«, sagte sie und wurde über und über rot, »es war nur eine Rose – will Er sie haben?« – Ich dankte und steckte die Rose ins Knopfloch. Sie sah mich sehr freundlich an und sagte: »Er spielt recht schön.« – »Ja«, versetzte ich, »das ist so eine Gabe Gottes.« – »Die Musikanten sind hier in der Gegend sehr rar«, hub das Mädchen dann wieder an und stockte und hatte die Augen beständig niedergeschlagen. »Er könnte sich hier ein gutes Stück Geld verdienen – auch mein Vater spielt etwas die Geige und hört gern von der Fremde erzählen – und mein Vater ist sehr reich.« – Dann lachte sie auf und sagte: »Wenn Er nur nicht immer solche Grimassen machen möchte, mit dem Kopfe, beim Geigen!« – »Teuerste Jungfer«, erwiderte ich, »erstlich: nennen Sie mich nur nicht immer Er; sodann mit dem Kopftremulenzen, das ist einmal nicht anders, das haben wir Virtuosen alle so an uns.« – »Ach so!«, entgegnete das Mädchen. Sie wollte noch etwas mehr sagen, aber da entstand auf einmal ein entsetzliches Gepolter im Wirtshause, die Haustüre ging mit großem Gekrache auf und ein dünner Kerl kam wie ein ausgeschossner Ladstock herausgeflogen, worauf die Tür sogleich wieder hinter ihm zugeschlagen wurde.

Das Mädchen war bei dem ersten Geräusch wie ein Reh davongesprungen und im Dunkel verschwunden. Die Figur vor der Tür aber raffte sich hurtig wieder vom Boden auf und fing nun an mit solcher Geschwindigkeit gegen das Haus loszuschimpfen, dass es ordentlich zum Erstaunen war. »Was!«, schrie er, »ich besoffen? ich die Kreidestriche an der verräucherten Tür nicht bezahlen? Löscht sie aus, löscht sie aus! Hab ich euch nicht erst gestern übern Kochlöffel balbiert und in die Nase geschnitten, dass ihr mir den Löffel morsch entzweigebissen habt? Balbieren macht einen Strich – Kochlöffel, wieder ein Strich – Pflaster auf die Nase, noch ein Strich – wie viel solche hundsföttische Striche wollt ihr denn noch bezahlt haben? Aber gut, schon gut! ich lasse das ganze Dorf, die ganze Welt ungeschoren. Lauft meinetwegen mit euren Bärten, dass der liebe Gott am jüngsten Tage nicht weiß, ob ihr Juden seid oder Christen! Ja, hängt euch an euren eignen Bärten auf, ihr zottigen Landbären!« Hier brach er auf einmal in ein jämmerliches Weinen aus und fuhr ganz erbärmlich durch die Fistel fort: »Wasser soll ich saufen, wie ein elender Fisch? ist das Nächstenliebe? Bin ich nicht ein Mensch und ein ausgelernter Feldscher? Ach, ich bin heute so in der Rage! Mein Herz ist voller Rührung und Menschenliebe!« Bei diesen Worten zog er sich nach und nach zurück, da im Hause alles still blieb. Als er mich erblickte, kam er mit ausgebreiteten Armen auf mich los, ich glaube der tolle Kerl wollte mich ambrasieren. Ich sprang aber auf die Seite, und so stolperte er weiter, und ich hörte ihn noch lange, bald grob bald fein, durch die Finsternis mit sich diskurrieren.

Mir aber ging mancherlei im Kopfe herum. Die Jungfer, die mir vorhin die Rose geschenkt hatte, war jung, schön und reich – ich konnte da mein Glück machen, eh man die Hand umkehrte. Und Hammel und Schweine, Puter und fette Gänse mit Äpfeln gestopft – ja, es war mir nicht anders, als säh ich den Portier auf mich zukommen: »Greif zu, Einnehmer, greif zu! jung gefreit hat niemand gereut, wer's Glück hat, führt die Braut heim, bleibe im Lande und nähre dich tüchtig.« In solchen philosophischen Gedanken setzte ich mich auf dem Platze, der nun ganz einsam war, auf einen Stein nieder, denn an das Wirtshaus anzuklopfen traute ich mich nicht, weil ich kein Geld bei mir hatte. Der Mond schien prächtig, von den Bergen rauschten die Wälder durch die stille Nacht herüber, manchmal schlugen im Dorfe die Hunde an, das weiter im Tale unter Bäumen und Mondschein wie begraben lag. Ich betrachtete das Firmament, wie da einzelne Wolken langsam durch den Mondschein zogen und manchmal ein Stern weit in der Ferne herunterfiel. So, dachte ich, scheint der Mond auch über meines Vaters Mühle und auf das weiße gräfliche Schloss. Dort ist nun auch schon alles lange still, die gnädige Frau schläft, und die Wasserkünste und Bäume im Garten rauschen noch immer fort wie damals, und allen ist's gleich, ob ich noch da bin, oder in der Fremde, oder gestorben. – Da kam mir die Welt auf einmal so entsetzlich weit und groß vor, und ich so ganz allein darin, dass ich aus Herzensgrunde hätte weinen mögen.

Wie ich noch immer so dasitze, höre ich auf einmal aus der Ferne Hufschlag im Walde. Ich hielt den Atem an und lauschte, da kam es immer näher und näher, und ich konnte schon die Pferde schnauben hören. Bald darauf kamen auch wirklich zwei Reiter unter den Bäumen hervor, hielten aber am Saume des Waldes an und sprachen heimlich sehr eifrig miteinander, wie ich an den Schatten sehen konnte, die plötzlich über den mondbeglänzten Platz vorschossen, und mit langen dunklen Armen bald dahin bald dorthin wiesen. – Wie oft, wenn mir zu Hause meine verstorbene Mutter von wilden Wäldern und martialischen Räubern erzählte, hatte ich mir sonst immer heimlich gewünscht, eine solche Geschichte selbst zu erleben. Da hatt ich's nun auf einmal für meine dummen frevelmütigen Gedanken! – Ich streckte mich nun an dem Lindenbaum, unter dem ich gesessen, ganz unmerklich so lang aus, als ich nur konnte, bis ich den ersten Ast erreicht hatte und mich geschwinde hinaufschwang. Aber ich baumelte noch mit halbem Leibe über dem Aste und wollte soeben auch meine Beine nachholen, als der eine von den Reitern rasch hinter mir über den Platz dahertrabte. Ich drückte nun die Augen fest zu in dem dunkeln Laube, und rührte und regte mich nicht. – »Wer ist da?«, rief es auf einmal dicht hinter mir. »Niemand!«, schrie ich aus Leibeskräften vor Schreck, dass er mich doch noch erwischt hatte. Insgeheim musste ich aber doch bei mir lachen, wie die Kerls sich schneiden würden, wenn sie mir die leeren Taschen umdrehten. – »Ei, ei«, sagte der Räuber wieder, »wem gehören denn aber die zwei Beine, die da herunterhängen?« – Da half nichts mehr. »Nichts weiter« versetzte ich, »als ein Paar arme, verirrte Musikantenbeine«, und ließ mich rasch wieder auf den Boden herab, denn ich schämte mich auch, länger wie eine zerbrochene Gabel da über dem Aste zu hängen.

Das Pferd des Reiters scheute, als ich so plötzlich vom Baume herunterfuhr. Er klopfte ihm den Hals und sagte lachend: »Nun wir sind auch verirrt, da sind wir rechte Kameraden; ich dächte also, du hälfest uns ein wenig den Weg nach B. aufsuchen. Es soll dein Schade nicht sein.« Ich hatte nun gut beteuern, dass ich gar nicht wüsste, wo B. läge, dass ich lieber hier im Wirtshause fragen, oder sie in das Dorf hinunterführen wollte. Der Kerl nahm gar keine Räson an. Er zog ganz ruhig eine Pistole aus dem Gurt, die recht hübsch im Mondschein funkelte. »Mein Liebster«, sagte er dabei sehr freundschaftlich zu mir, während er bald den Lauf der Pistole abwischte, bald wieder prüfend an die Augen hielt, »mein Liebster, du wirst wohl so gut sein, selber nach B. vorauszugehn.«

Da war ich nun recht übel daran. Traf ich den Weg, so kam ich gewiss zu der Räuberbande und bekam Prügel, da ich kein Geld bei mir hatte, traf ich ihn nicht – so bekam ich auch Prügel. Ich besann mich also nicht lange und schlug den ersten besten Weg ein, der an dem Wirtshause vorüber vom Dorfe abführte. Der Reiter sprengte schnell zu seinem Begleiter zurück, und beide folgten mir dann in einiger Entfernung langsam nach. So zogen wir eigentlich recht närrisch auf gut Glück in die mondhelle Nacht hinein. Der Weg lief immerfort im Walde an einem Bergeshange fort. Zuweilen konnte man über die Tannenwipfel, die von unten herauflangten und sich dunkel rührten, weit in die tiefen stillen Täler hinaussehen, hin und her schlug eine Nachtigall, Hunde bellten in der Ferne in den Dörfern. Ein Fluss rauschte beständig aus der Tiefe und blitzte zuweilen im Mondschein auf. Dabei das einförmige Pferdegetrappel und das Wirren und Schwirren der Reiter hinter mir, die unaufhörlich in einer fremden Sprache miteinander plauderten, und das helle Mondlicht und die langen Schatten der Baumstämme, die wechselnd über die beiden Reiter wegflogen, dass sie mir bald schwarz, bald hell, bald klein, bald wieder riesengroß vorkamen. Mir verwirrten sich ordentlich die Gedanken, als läge ich in einem Traum und könnte gar nicht aufwachen. Ich schritt immer stramm vor mich hin. Wir müssen, dachte ich, doch am Ende aus dem Walde und aus der Nacht herauskommen.

Endlich flogen hin und wieder schon lange rötliche Scheine über den Himmel, ganz leise, wie wenn man über einen Spiegel haucht, auch eine Lerche sang schon hoch über dem stillen Tale. Da wurde mir auf einmal ganz klar im Herzen bei dem Morgengruße, und alle Furcht war vorüber. Die beiden Reiter aber streckten sich, und sahen sich nach allen Seiten um, und schienen nun erst gewahr zu werden, dass wir doch wohl nicht auf dem rechten Wege sein mochten. Sie plauderten wieder viel, und ich merkte wohl, dass sie von mir sprachen, ja es kam mir vor, als finge der eine sich vor mir zu fürchten an, als könnt ich wohl gar so ein heimlicher Schnapphahn sein, der sie im Walde irreführen wollte. Das machte mir Spaß, denn je lichter es ringsum wurde, je mehr Courage kriegt ich, zumal da wir soeben auf einen schönen freien Waldplatz herauskamen. Ich sah mich daher nach allen Seiten ganz wild um, und pfiff dann ein paar Mal auf den Fingern, wie die Spitzbuben tun, wenn sie sich einander Signale geben wollen.

»Halt!«, rief auf einmal der eine von den Reitern, dass ich ordentlich zusammenfuhr. Wie ich mich umsehe, sind sie beide abgestiegen und haben ihre Pferde an einen Baum angebunden. Der eine kommt aber rasch auf mich los, sieht mir ganz starr ins Gesicht, und fängt auf einmal ganz unmäßig an zu lachen. Ich muss gestehen, mich ärgerte das unvernünftige Gelächter. Er aber sagte: »Wahrhaftig, das ist der Gärtner, wollt sagen: Einnehmer vom Schloss!«

Ich sah ihn groß an, wusst mich aber seiner nicht zu erinnern, hätt auch viel zu tun gehabt, wenn ich mir alle die jungen Herren hätte ansehen wollen, die auf dem Schloss ab und zu ritten. Er aber fuhr mit ewigem Gelächter fort: »Das ist prächtig! Du vazierst, wie ich sehe, wir brauchen eben einen Bedienten, bleib bei uns, da hast du ewige Vakanz.« – Ich war ganz verblüfft und sagte endlich, dass ich soeben auf einer Reise nach Italien begriffen wäre. – »Nach Italien?!«, entgegnete der Fremde, »eben dahin wollen auch wir!« – »Nun, wenn *das* ist!«, rief ich aus und zog voller Freude meine Geige aus der Tasche und strich, dass die Vögel im Walde aufwachten. Der Herr aber erwischte geschwind den andern Herrn und walzte mit ihm wie verrückt auf dem Rasen herum.

Dann standen sie plötzlich still. »Bei Gott«, rief der eine, »da seh ich schon den Kirchturm von B.! nun, da wollen wir bald unten sein.« Er zog seine Uhr heraus und ließ sie repetieren, schüttelte mit dem Kopfe, und ließ noch einmal schlagen. »Nein«, sagte er, »das geht nicht, wir kommen so zu früh hin, das könnte schlimm werden!«

Darauf holten sie von ihren Pferden Kuchen, Braten und Weinflaschen, breiteten eine schöne bunte Decke auf dem grünen Rasen aus, streckten sich darüber hin und schmausten sehr vergnüglich, teilten auch mir von allem sehr reichlich mit, was mir gar wohl bekam, da ich seit einigen Tagen schon nicht mehr vernünftig gespeist hatte. »Und dass du's weißt«, sagte der eine zu mir, – »aber du kennst uns doch nicht?« – ich schüttelte mit dem Kopfe. – »Also, dass du's weißt: ich bin der Maler Leonhard, und das dort ist – wieder ein Maler – Guido geheißen.«

Ich besah mir nun die beiden Maler genauer bei der Morgendämmerung. Der eine, Herr Leonhard, war groß, schlank, braun, mit lustigen feurigen Augen. Der andere war viel jünger, kleiner und feiner, auf altdeutsche Mode gekleidet, wie es der Portier nannte, mit weißem Kragen und bloßem Hals, um den die dunkelbraunen Locken herabhingen, die er oft aus dem hübschen Gesichte wegschütteln musste. – Als dieser genug gefrühstückt hatte, griff er nach meiner Geige, die ich neben mir auf den Boden gelegt hatte, setzte sich damit auf einen umgehauenen Baumast, und klimperte darauf mit den Fingern. Dann sang er dazu so hell wie ein Waldvögelein, dass es mir recht durchs ganze Herz klang:

Fliegt der erste Morgenstrahl
Durch das stille Nebeltal,
Rauscht erwachend Wald und Hügel:
Wer da fliegen kann, nimmt Flügel!

Und sein Hütlein in die Luft
Wirft der Mensch vor Lust und ruft:
Hat Gesang doch auch noch Schwingen,
Nun so will ich fröhlich singen!

Dabei spielten die rötlichen Morgenscheine recht anmutig über sein etwas blasses Gesicht und die schwarzen verliebten Augen. Ich aber war so müde, dass sich mir die Worte und Noten, während er so sang, immer mehr verwirrten, bis ich zuletzt fest einschlief.

Als ich nach und nach wieder zu mir selber kam, hörte ich wie im Traume die beiden Maler noch immer neben mir sprechen und die Vögel über mir singen, und die Morgenstrahlen schimmerten mir durch die geschlossenen Augen, dass mir's innerlich so dunkelhell war, wie wenn die Sonne durch rotseidene Gardinen scheint. Come é bello! hört ich da dicht neben mir ausrufen. Ich schlug die Augen auf, und erblickte den jungen Maler, der im funkelnden Morgenlicht über mich hergebeugt stand, so dass beinah nur die großen schwarzen Augen zwischen den herabhängenden Locken zu sehen waren.

Ich sprang geschwind auf, denn es war schon heller Tag geworden. Der Herr Leonhard schien verdrüsslich zu sein, er hatte zwei zornige Falten auf der Stirn und trieb hastig zum Aufbruch. Der andere Maler aber schüttelte seine Locken aus dem Gesicht und trällerte, während er sein Pferd aufzäumte, ruhig ein Liedchen vor sich hin, bis Leonhard zuletzt plötzlich laut auflachte, schnell eine Flasche ergriff, die noch auf dem Rasen stand und den Rest in die Gläser einschenkte. »Auf eine glückliche Ankunft!«, rief er aus, sie stießen mit den Gläsern zusammen, es gab einen schönen Klang. Darauf schleuderte Leonhard die leere Flasche hoch ins Morgenrot, dass es lustig in der Luft funkelte.

Endlich setzten sie sich auf ihre Pferde, und ich marschierte frisch wieder nebenher. Gerade vor uns lag ein unübersehliches Tal, in das wir nun hinunterzogen. Da war ein Blitzen und Rauschen und Schimmern und Jubilieren! Mir war so kühl und fröhlich zumute, als sollt ich von dem Berge in die prächtige Gegend hinausfliegen.

Viertes Kapitel

Nun ade, Mühle und Schloss und Portier! Nun ging's, dass mir der Wind am Hute pfiff. Rechts und links flogen Dörfer, Städte und Weingärten vorbei, dass es einem vor den Augen flimmerte; hinter mir die beiden Maler im Wagen, vor mir vier Pferde mit einem prächtigen Postillon, ich hoch oben auf dem Kutschbock, dass ich oft ellenhoch in die Höhe flog.

Das war so zugegangen: Als wir vor B. ankommen, kommt schon am Dorfe ein langer, dürrer, grämlicher Herr im grünen Flauschrock uns entgegen, macht viele Bücklinge vor den Herrn Malern und führt uns in das Dorf hinein. Da stand unter den hohen Linden vor dem Posthause schon ein prächtiger Wagen mit vier Postpferden bespannt. Herr Leonhard meinte unterwegs, ich hätte meine Kleider ausgewachsen. Er holte daher geschwind andere aus seinem Mantelsack hervor, und ich musste einen ganz neuen schönen Frack und Weste anziehn, die mir sehr vornehm zu Gesicht standen, nur dass mir alles zu lang und weit war und ordentlich um mich herumschlotterte. Auch einen ganz neuen Hut bekam ich, der funkelte in der Sonne, als wär er mit frischer Butter überschmiert. Dann nahm der fremde grämliche Herr die beiden Pferde der Maler am Zügel, die Maler sprangen in den Wagen, ich auf den Bock, und so flogen wir schon fort, als eben der Postmeister mit der Schlafmütze aus dem Fenster guckte. Der Postillon blies lustig auf dem Horne, und so ging es frisch nach Italien hinein.

Ich hatte eigentlich da droben ein prächtiges Leben, wie der Vogel in der Luft, und brauchte doch dabei nicht selbst zu fliegen. Zu tun hatte ich auch weiter nichts, als Tag und Nacht auf dem Bocke zu sitzen, und bei den Wirtshäusern manchmal Essen und Trinken an den Wagen herauszubringen, denn die Maler sprachen nirgends ein, und bei Tage zogen sie die Fenster am Wagen so fest zu, als wenn die Sonne sie erstechen wollte. Nur zuweilen steckte der Herr Guido sein hübsches Köpfchen zum Wagenfenster heraus und diskurrierte freundlich mit mir, und lachte dann den Herrn Leonhard aus, der das nicht leiden wollte, und jedes Mal über die langen Diskurse böse wurde. Ein paar Mal hätte ich bald Verdruss bekommen mit meinem Herrn. Das eine Mal, wie ich bei schöner, sternklarer Nacht droben auf dem Bock die Geige zu spielen anfing, und sodann späterhin wegen des Schlafes. Das war aber auch ganz zum Erstaunen! Ich wollte mir doch Italien recht genau besehen, und riss die Augen alle Viertelstunden weit auf. Aber kaum hatte ich ein Weilchen so vor mich hingesehen, so verschwirrten und verwickelten sich mir die sechzehn Pferdefüße vor mir wie Filet so hin und her und übers Kreuz, dass mir die Augen gleich wieder übergingen, und zuletzt geriet ich in ein solches entsetzliches und unaufhaltsames Schlafen, dass gar kein Rat mehr war. Da mocht es Tag oder Nacht, Regen oder Sonnenschein, Tirol oder Italien sein, ich hing bald rechts, bald links, bald rücklings über den Bock herunter, ja manchmal tunkte ich mit solcher Vehemenz mit dem Kopfe nach dem Boden zu, dass mir der Hut weit vom Kopfe flog, und der Herr Guido im Wagen laut aufschrie.

So war ich, ich weiß selbst nicht wie, durch halb Welschland, das sie dort Lombardei nennen, durchgekommen, als wir an einem schönen Abend vor einem Wirtshause auf dem Lande stillhielten. Die Postpferde waren in dem daranstoßenden Stationsdorfe erst nach ein paar Stunden bestellt, die Herren Maler stiegen daher aus und ließen sich in ein besonderes Zimmer führen, um hier ein wenig zu rasten und einige Briefe zu schreiben. Ich aber war sehr vergnügt darüber, und verfügte mich sogleich in die Gaststube, um endlich wieder einmal so recht mit Ruhe und Kommodität zu essen und zu trinken. Da sah es ziemlich lüderlich aus. Die Mägde gingen mit zerzottelten Haaren herum, und hatten die offnen Halstücher unordentlich um das gelbe Fell hängen. Um einen runden Tisch saßen die Knechte vom Hause in blauen Überziehhemden beim Abendessen, und glotzten mich zuweilen von der Seite an. Die hatten alle kurze, dicke Haarzöpfe und sahen so recht vornehm wie junge Herrlein aus. – Da bist du nun, dachte ich bei mir, und aß fleißig fort, da bist du nun endlich in dem Lande, woher immer die kuriosen Leute zu unserm Herrn Pfarrer kamen, mit Mausefallen und Barometern und Bildern. Was der Mensch doch nicht alles erfährt, wenn er sich einmal hinterm Ofen hervormacht!

Wie ich noch eben so esse und meditiere, wuscht ein Männlein, das bis jetzt in einer dunklen Ecke der Stube bei seinem Glase Wein gesessen hatte, auf einmal aus seinem Winkel wie eine Spinne auf mich los. Er war ganz kurz und bucklicht, hatte aber einen großen grauslichen Kopf mit einer langen römischen Adlernase und sparsamen roten Backenbart, und die gepuderten Haare standen ihm von allen Seiten zu Berge, als wenn der Sturmwind durchgefahren wäre. Dabei trug er einen altmodischen, verschossenen Frack, kurze plüschene Beinkleider und ganz vergelbte seidene Strümpfe. Er war einmal in Deutschland gewesen, und dachte Wunder wie gut er deutsch verstünde. Er setzte sich zu mir und frug bald das, bald jenes, während er immerfort Tabak schnupfte: ob ich der Servitore sei? wenn wir arriware? ob wir nach Roma kehn? aber das wusste ich alles selber nicht, und konnte auch sein Kauderwelsch gar nicht verstehn. »Parlez vous françois?«, sagte ich endlich in meiner Angst zu ihm. Er schüttelte mit dem großen Kopfe, und das war mir sehr lieb, denn ich konnte ja auch nicht Französisch. Aber das half alles nichts. Er hatte mich einmal recht aufs Korn genommen, er frug und frug immer wieder; je mehr wir parlierten, je weniger verstand einer den andern, zuletzt wurden wir beide schon hitzig, sodass mir's manchmal vorkam, als wollte der Signor mit seiner Adlernase nach mir hacken, bis endlich die Mägde, die den babylonischen Diskurs mit angehört hatten, uns beide tüchtig auslachten. Ich aber legte schnell Messer und Gabel hin und ging vor die Haustür hinaus. Denn mir war in dem fremden Lande nicht anders, als wäre ich mit meiner deutschen Zunge tausend Klafter tief ins Meer versenkt, und allerlei unbekanntes Gewürm ringelte sich und rauschte da in der Einsamkeit um mich her, und glotzte und schnappte nach mir.

Draußen war eine warme Sommernacht, so recht um passatim zu gehn. Weit von den Weinbergen herüber hörte man noch zuweilen einen Winzer singen, dazwischen blitzte es manchmal von ferne, und die ganze Gegend zitterte und säuselte im Mondenschein. Ja manchmal kam es mir vor, als schlüpfte eine lange dunkle Gestalt hinter den Haselnusssträuchern vor dem Hause vorüber und guckte durch die Zweige, dann war alles auf einmal wieder still. – Da trat der Herr Guido eben auf den Balkon des Wirtshauses heraus. Er bemerkte mich nicht, und spielte sehr geschickt auf einer Zither, die er im Hause gefunden haben musste, und sang dann dazu wie eine Nachtigall.

> Schweigt der Menschen laute Lust:
> Rauscht die Erde wie in Träumen
> Wunderbar mit allen Bäumen,
> Was dem Herzen kaum bewusst,
> Alte Zeiten, linde Trauer,
> Und es schweifen leise Schauer
> Wetterleuchtend durch die Brust.

Ich weiß nicht, ob er noch mehr gesungen haben mag, denn ich hatte mich auf die Bank vor der Haustür hingestreckt, und schlief in der lauen Nacht vor großer Ermüdung fest ein.

Es mochten wohl ein paar Stunden ins Land gegangen sein, als mich ein Posthorn aufweckte, das lange Zeit lustig in meine Träume hereinblies, ehe ich mich völlig besinnen konnte. Ich sprang endlich auf, der Tag dämmerte schon an den Bergen, und die Morgenkühle rieselte mir durch alle Glieder. Da fiel mir erst ein, dass wir ja um diese Zeit schon wieder weit fort sein wollten. Aha, dachte ich, heut ist einmal das Wecken und Auslachen an mir. Wie wird der Herr Guido mit dem verschlafenen Lockenkopfe herausfahren, wenn er mich draußen hört! So ging ich in den kleinen Garten am Hause dicht unter die Fenster, wo meine

Herren wohnten, dehnte mich noch einmal recht ins Morgenrot hinein und sang fröhlichen Mutes:

> Wenn der Hoppevogel schreit,
> Ist der Tag nicht mehr weit,
> Wenn die Sonne sich auftut,
> Schmeckt der Schlaf noch so gut!

Das Fenster war offen, aber es blieb alles still oben, nur der Nachtwind ging noch durch die Weinranken, die sich bis in das Fenster hineinstreckten. – Nun was soll denn das wieder bedeuten? rief ich voll Erstaunen aus, und lief in das Haus und durch die stillen Gänge nach der Stube zu. Aber da gab es mir einen rechten Stich ins Herz. Denn wie ich die Türe aufreiße, ist alles leer, darin kein Frack, kein Hut, kein Stiefel. – Nur die Zither, auf der Herr Guido gestern gespielt hatte, hing an der Wand, auf dem Tische mitten in der Stube lag ein schöner voller Geldbeutel, worauf ein Zettel geklebt war. Ich hielt ihn näher ans Fenster, und traute meinen Augen kaum, es stand wahrhaftig mit großen Buchstaben darauf: Für den Herrn Einnehmer!

Was war mir aber das alles nütze, wenn ich meine lieben lustigen Herrn nicht wiederfand? Ich schob den Beutel in meine tiefe Rocktasche, das plumpte wie in einen tiefen Brunn, dass es mich ordentlich hintenüber zog. Dann rannte ich hinaus, machte einen großen Lärm und weckte alle Knechte und Mägde im Hause. Die wussten gar nicht, was ich wollte, und meinten, ich wäre verrückt geworden. Dann aber verwunderten sie sich nicht wenig, als sie oben das leere Nest sahen. Niemand wusste etwas von meinen Herren. Nur die eine Magd – wie ich aus ihren Zeichen und Gestikulationen zusammenbringen konnte – hatte bemerkt, dass der Herr Guido, als er gestern abends auf dem Balkon sang, auf einmal laut aufschrie, und dann geschwind zu dem andern Herrn in das Zimmer zurückstürzte. Als sie hernach in der Nacht einmal aufwachte, hörte sie draußen Pferdegetrappel. Sie guckte durch das kleine Kammerfenster und sah den bucklichten Signor, der gestern so viel mit mir gesprochen hatte, auf einem Schimmel im Mondschein quer übers Feld galoppieren, dass er immer ellenhoch überm Sattel in die Höhe flog und die Magd sich bekreuzte, weil es aussah, wie ein Gespenst, das auf einem dreibeinigen Pferde reitet. – Da wusst ich nun gar nicht, was ich machen sollte.

Unterdes aber stand unser Wagen schon lange vor der Türe angespannt und der Postillon stieß ungeduldig ins Horn, dass er hätte bersten mögen, denn er musste zur bestimmten Stunde auf der nächsten Station sein, da alles durch Laufzettel bis auf die Minute vorausbestellt war. Ich rannte noch einmal um das ganze Haus herum und rief die Maler, aber niemand gab Antwort, die Leute aus dem Hause liefen zusammen und gafften mich an, der Postillon fluchte, die Pferde schnaubten, ich, ganz verblüfft, springe endlich geschwind in den Wagen hinein, der Hausknecht schlägt die Türe hinter mir zu, der Postillon knallt und so ging's mit mir fort in die weite Welt hinein.

Fünftes Kapitel

Wir fuhren nun über Berg und Tal Tag und Nacht immer fort. Ich hatte gar nicht Zeit, mich zu besinnen, denn wo wir hinkamen, standen die Pferde angeschirrt, ich konnte mit den Leuten nicht sprechen, mein Demonstrieren half also nichts; oft, wenn ich im Wirtshause eben beim besten Essen war, blies der Postillon, ich musste Messer und Gabel wegwerfen und wieder in den Wagen springen, und wusste doch eigentlich gar nicht, wohin und weswegen ich just mit so ausnehmender Geschwindigkeit fortreisen sollte.

Sonst war die Lebensart gar nicht so übel. Ich legte mich, wie auf einem Kanapee, bald in die eine, bald in die andere Ecke des Wagens, und lernte Menschen und Länder kennen, und wenn wir durch Städte fuhren, lehnte ich mich auf beide Arme zum Wagenfenster heraus und dankte den Leuten, die höflich vor mir den Hut abnahmen oder ich grüßte die Mädchen an den Fenstern wie ein alter Bekannter, die sich dann immer sehr verwunderten, und mir noch lange neugierig nachguckten.

Aber zuletzt erschrak ich sehr. Ich hatte das Geld in dem gefundenen Beutel niemals gezählt, den Postmeistern und Gastwirten musste ich überall viel bezahlen, und ehe ich mich's versah, war der Beutel leer. Anfangs nahm ich mir vor, sobald wir durch einen einsamen Wald führen, schnell aus dem Wagen zu springen und zu entlaufen. Dann aber tat es mir wieder leid, nun den schönen Wagen so allein zu lassen, mit dem ich sonst wohl noch bis ans Ende der Welt fortgefahren wäre.

Nun saß ich eben voller Gedanken und wusste nicht aus noch ein, als es auf einmal seitwärts von der Landstraße abging. Ich schrie zum Wagen heraus, auf den Postillon: wohin er denn fahre? Aber ich mochte sprechen was ich wollte, der Kerl sagte immer bloß: »Si, Si, Signore!« und fuhr immer über Stock und Stein, dass ich aus einer Ecke des Wagens in die andere flog.

Das wollte mir gar nicht in den Sinn, denn die Landstraße lief grade durch eine prächtige Landschaft auf die untergehende Sonne zu, wohl wie in ein Meer von Glanz und Funken. Von der Seite aber, wohin wir uns gewendet hatten, lag ein wüstes Gebürge vor uns mit grauen Schluchten, zwischen denen es schon lange dunkel geworden war. – Je weiter wir fuhren, je wilder und einsamer wurde die Gegend. Endlich kam der Mond hinter den Wolken hervor, und schien auf einmal so hell zwischen die Bäume und Felsen herein, dass es ordentlich grauslich anzusehen war. Wir konnten nur langsam fahren in den engen steinigten Schluchten, und das einförmige ewige Gerassel des Wagens schallte an den Steinwänden weit in die stille Nacht, als führen wir in ein großes Grabgewölbe hinein. Nur von vielen Wasserfällen, die man aber nicht sehen konnte, war ein unaufhörliches Rauschen tiefer im Walde, und die Käuzchen riefen aus der Ferne immerfort: »Komm mit, Komm mit!« – Dabei kam es mir vor, als wenn der Kutscher, der, wie ich jetzt erst sah, gar keine Uniform hatte und kein Postillon war, sich einige Mal unruhig umsahe und schneller zu fahren anfing, und wie ich mich recht zum Wagen herauslegte, kam plötzlich ein Reiter aus dem Gebüsch hervor, sprengte dicht vor unseren Pferden quer über den Weg, und verlor sich sogleich wieder auf der andern Seite im Walde. Ich war ganz verwirrt, denn, soviel ich bei dem hellen Mondschein erkennen konnte, war es dasselbe buckliche Männlein auf seinem Schimmel, das in dem Wirtshause mit der Adlernase nach mir gehackt hatte. Der Kutscher schüttelte den Kopf und lachte laut auf über die närrische Reiterei, wandte sich aber dann rasch zu mir um, sprach sehr viel und sehr eifrig, wovon ich leider nichts verstand, und fuhr dann noch rascher fort.

Ich aber war froh, als ich bald darauf von ferne ein Licht schimmern sah. Es fanden sich nach und nach noch mehrere Lichter, sie wurden immer größer und heller, und endlich kamen wir an einigen verräucherten Hütten vorüber, die wie Schwalbennester auf dem Felsen hingen. Da die Nacht warm war, so standen die Türen offen, und ich konnte darin die hell erleuchteten Stuben und allerlei lumpiges Gesindel sehen, das wie dunkle Schatten um das Herdfeuer herumhockte. Wir aber rasselten durch die stille Nacht einen Steinweg hinan, der sich auf einen hohen Berg hinaufzog. Bald überdeckten hohe Bäume und herabhängende Sträucher den ganzen Hohlweg, bald konnte man auf einmal wieder das ganze Firmament, und in der Tiefe die weite stille Runde von Bergen, Wäldern und Tälern übersehen. Auf dem Gipfel des Berges stand ein großes altes Schloss mit vielen Türmen im hellsten Mondenschein. – »Nun Gott befohlen!«, rief ich aus, und war innerlich ganz munter geworden vor Erwartung, wo sie mich da am Ende noch hinbringen würden.

Es dauerte wohl noch eine gute halbe Stunde, ehe wir endlich auf dem Berge am Schlosstore ankamen. Das ging in einen breiten runden Turm hinein, der oben schon ganz verfallen war. Der Kutscher knallte dreimal, dass es weit in dem alten Schlosse widerhallte, wo ein Schwarm von Dohlen ganz erschrocken plötzlich aus allen Lucken und Ritzen herausfuhr und mit großem Geschrei die Luft durchkreuzte. Darauf rollte der Wagen in den langen, dunklen Torweg hinein. Die Pferde gaben mit ihren Hufeisen Feuer auf dem Steinpflaster, ein großer Hund bellte, der Wagen donnerte zwischen den gewölbten Wänden. Die Dohlen schrien noch immer dazwischen – so kamen wir mit einem entsetzlichen Spektakel in den engen gepflasterten Schlosshof.

Eine kuriose Station! dachte ich bei mir, als nun der Wagen stillstand. Da wurde die Wagentür von draußen aufgemacht, und ein alter langer Mann mit einer kleinen Laterne sah mich unter seinen dicken Augenbrauen grämlich an. Er fasste mich dann unter den Arm und half mir, wie einem großen Herrn, aus dem Wagen heraus. Draußen vor der Haustür stand eine alte, sehr hässliche Frau im schwarzen Kamisol und Rock, mit einer weißen Schürze und schwarzen Haube, von der ihr ein langer Schnipper bis an die Nase herunterhing. Sie hatte an der einen Hüfte einen großen Bund Schlüssel hängen und hielt in der andern einen altmodischen Armleuchter mit zwei brennenden Wachskerzen. Sobald sie mich erblickte, fing sie an tiefe Knixe zu machen und sprach und frug sehr viel durcheinander. Ich verstand aber nichts davon und machte immerfort Kratzfüße vor ihr, und es war mir eigentlich recht unheimlich zumute.

Der alte Mann hatte unterdes mit seiner Laterne den Wagen von allen Seiten beleuchtet und brummte und schüttelte den Kopf, als er nirgend einen Koffer oder Bagage fand. Der Kutscher fuhr darauf, ohne Trinkgeld von mir zu fordern, den Wagen in einen alten Schoppen, der auf der Seite des Hofes schon offenstand. Die alte Frau aber bat mich sehr höflich durch allerlei Zeichen, ihr zu folgen. Sie führte mich mit ihren Wachskerzen durch einen langen schmalen Gang, und dann eine kleine steinerne Treppe herauf. Als wir an der Küche vorbeigingen, streckten ein paar junge Mägde neugierig die Köpfe durch die halbgeöffnete Tür und guckten mich so starr an, und winkten und nickten einander heimlich zu, als wenn sie in ihrem Leben noch kein Mannsbild gesehen hätten. Die Alte machte endlich oben eine Türe auf, da wurde ich anfangs ordentlich ganz verblüfft. Denn es war ein großes schönes herrschaftliches Zimmer mit goldenen Verzierungen an der Decke, und an den Wänden hingen prächtige Tapeten mit allerlei Figuren und großen Blumen. In der Mitte stand ein gedeckter Tisch mit Braten, Kuchen, Salat, Obst, Wein und Konfekt, dass einem recht das Herz im Leibe lachte. Zwischen den beiden Fenstern hing ein ungeheurer Spiegel, der vom Boden bis zur Decke reichte.

Ich muss sagen, das gefiel mir recht wohl. Ich streckte mich ein paar Mal und ging mit langen Schritten vornehm im Zimmer auf und ab. Dann konnt ich aber doch nicht widerstehen, mich einmal in einem so großen Spiegel zu besehen. Das ist wahr, die neuen Kleider vom Herrn Leonhard standen mir recht schön, auch hatte ich in Italien so ein gewisses feuriges Auge bekommen, sonst aber war ich grade noch so ein Milchbart, wie ich zu Hause gewesen war, nur auf der Oberlippe zeigten sich erst ein paar Flaumfedern.

Die alte Frau mahlte indes in einem fort mit ihrem zahnlosen Munde, dass es nicht anders aussah, als wenn sie an der langen herunterhängenden Nasenspitze kaute. Dann nötigte sie mich zum Sitzen, streichelte mir mit ihren dürren Fingern das Kinn, nannte mich poverino! wobei sie mich aus den roten Augen so schelmisch ansah, dass sich ihr der eine Mundwinkel bis an die halbe Wange in die Höhe zog, und ging endlich mit einem tiefen Knix zur Türe hinaus.

Ich aber setzte mich zu dem gedeckten Tisch, während eine junge hübsche Magd hereintrat, um mich bei der Tafel zu bedienen. Ich knüpfte allerlei galanten Diskurs mit ihr an, sie verstand mich aber nicht, sondern sah mich immer ganz kurios von der Seite an, weil mir's so gut schmeckte, denn das Essen war delikat. Als ich satt war und wieder aufstand, nahm die Magd ein Licht von der Tafel und führte mich in ein anderes Zimmer. Da war ein Sofa, ein kleiner Spiegel und ein prächtiges Bett mit grünseidenen Vorhängen. Ich frug sie mit Zeichen, ob ich mich da hineinlegen sollte? Sie nickte zwar: »Ja«, aber das war denn doch nicht möglich, denn sie blieb wie angenagelt bei mir stehen. Endlich holte ich mir noch ein großes Glas Wein aus der Tafelstube herein und rief ihr zu: »felicissima notte!« denn so viel hatt ich schon Italienisch gelernt. Aber wie ich das Glas so auf ein Mal ausstürzte, bricht sie plötzlich in ein verhaltnes Kichern aus, wird über und über rot, geht in die Tafelstube und macht die Türe hinter sich zu. »Was ist da zu lachen?«, dachte ich ganz verwundert, »ich glaube die Leute in Italien sind alle verrückt.«

Ich hatte nun nur immer Angst vor dem Postillon, dass der gleich wieder zu blasen anfangen würde. Ich horchte am Fenster, aber es war alles stille draußen. Lass ihn blasen! dachte ich, zog mich aus und legte mich in das prächtige Bett. Das war nicht anders, als wenn man in Milch und Honig schwämme! Vor den Fenstern rauschte die alte Linde im Hofe, zuweilen fuhr noch eine Dohle plötzlich vom Dache auf, bis ich endlich voller Vergnügen einschlief.

Sechstes Kapitel

Als ich wieder erwachte, spielten schon die ersten Morgenstrahlen an den grünen Vorhängen über mir. Ich konnte mich gar
nicht besinnen, wo ich eigentlich wäre. Es kam mir vor, als führe
ich noch immerfort im Wagen, und es hätte mir von einem
Schlosse im Mondschein geträumt und von einer alten Hexe und
ihrem blassen Töchterlein.

Ich sprang endlich rasch aus dem Bette, kleidete mich an, und
sah mich dabei nach allen Seiten in dem Zimmer um. Da bemerkte ich eine kleine Tapetentür, die ich gestern gar nicht gesehen hatte. Sie war nur angelehnt, ich öffnete sie, und erblickte ein
kleines nettes Stübchen, das in der Morgendämmerung recht
heimlich aussah. Über einen Stuhl waren Frauenkleider unordentlich hingeworfen, auf einem Bettchen daneben lag das Mädchen, das mir gestern abends bei der Tafel aufgewartet hatte. Sie
schlief noch ganz ruhig und hatte den Kopf auf den weißen bloßen Arm gelegt, über den ihre schwarzen Locken herabfielen.
Wenn die wusste, dass die Tür offen war!, sagte ich zu mir selbst
und ging in mein Schlafzimmer zurück, während ich hinter mir
wieder schloss und verriegelte, damit das Mädchen nicht erschrecken und sich schämen sollte, wenn sie erwachte.

Draußen ließ sich noch kein Laut vernehmen. Nur ein früher-
wachtes Waldvöglein saß vor meinem Fenster auf einem Strauch,
der aus der Mauer herauswuchs, und sang schon sein Morgen-
lied. »Nein«, sagte ich, »du sollst mich nicht beschämen und allein so früh und fleißig Gott loben!« – Ich nahm schnell meine
Geige, die ich gestern auf das Tischchen gelegt hatte, und ging
hinaus. Im Schlosse war noch alles totenstill, und es dauerte
lange, ehe ich mich aus den dunklen Gängen ins Freie heraus-
fand.

Als ich vor das Schloss heraustrat, kam ich in einen großen
Garten, der auf breiten Terrassen, wovon die eine immer tiefer

war als die andere, bis auf den halben Berg herunterging. Aber das war eine lüderliche Gärtnerei. Die Gänge waren alle mit hohem Grase bewachsen, die künstlichen Figuren von Buchsbaum waren nicht beschnitten und streckten, wie Gespenster, lange Nasen oder ellenhohe spitzige Mützen in die Luft hinaus, dass man sich in der Dämmerung ordentlich davor hätte fürchten mögen. Auf einige zerbrochene Statuen über einer vertrockneten Wasserkunst war gar Wäsche aufgehängt, hin und wieder hatten sie mitten im Garten Kohl gebaut, dann kamen wieder ein paar ordinäre Blumen, alles unordentlich durcheinander, und von hohem wilden Unkraut überwachsen, zwischen dem sich bunte Eidechsen schlängelten. Zwischen den alten hohen Bäumen hindurch aber war überall eine weite, einsame Aussicht, eine Bergkoppe hinter der andern, so weit das Auge reichte.

Nachdem ich so ein Weilchen in der Morgendämmerung durch die Wildnis umherspaziert war, erblickte ich auf der Terrasse unter mir einen langen schmalen blassen Jüngling in einem langen braunen Kaputrock, der mit verschränkten Armen und großen Schritten auf und ab ging. Er tat als sähe er mich nicht, setzte sich bald darauf auf eine steinerne Bank hin, zog ein Buch aus der Tasche, las sehr laut, als wenn er predigte, sah dabei zuweilen zum Himmel, und stützte dann den Kopf ganz melancholisch auf die rechte Hand. Ich sah ihm lange zu, endlich wurde ich doch neugierig, warum er denn eigentlich so absonderliche Grimassen machte, und ging schnell auf ihn zu. Er hatte eben einen tiefen Seufzer ausgestoßen und sprang erschrocken auf, als ich ankam. Er war voller Verlegenheit, ich auch, wir wussten beide nicht, was wir sprechen sollten, und machten immerfort Komplimente voreinander, bis er endlich mit langen Schritten in das Gebüsch Reißaus nahm. Unterdes war die Sonne über dem Walde aufgegangen, ich sprang auf die Bank hinauf und strich vor Lust meine Geige, dass es weit in die stillen Täler herunterschallte. Die Alte mit dem Schlüsselbunde, die mich schon ängstlich im ganzen Schlosse zum Frühstück aufgesucht hatte, erschien nun auf der Terrasse über mir, und verwunderte sich, dass ich so artig auf der Geige spielen konnte. Der alte grämliche Mann vom Schlosse fand sich dazu und verwunderte sich ebenfalls, endlich kamen auch noch die Mägde, und alles blieb oben voller Verwunderung stehen, und ich fingerte und schwenkte meinen Fidelbogen immer künstlicher und hurtiger und spielte Kadenzen und Variationen, bis ich endlich ganz müde wurde.

Das war nun aber doch ganz seltsam auf dem Schlosse! Kein Mensch dachte da ans Weiterreisen. Das Schloss war auch gar kein Wirtshaus, sondern gehörte, wie ich von der Magd erfuhr, einem reichen Grafen. Wenn ich mich dann manchmal bei der Alten erkundigte, wie der Graf heiße, wo er wohne? Da schmunzelte sie immer bloß, wie den ersten Abend, da ich auf das Schloss kam, und kniff und winkte mir so pfiffig mit den Augen zu, als wenn sie nicht recht bei Sinne wäre. Trank ich einmal an einem heißen Tage eine ganze Flasche Wein aus, so kicherten die Mägde gewiss, wenn sie die andere brachten, und als mich dann gar einmal nach einer Pfeife Tabak verlangte, ich ihnen durch Zeichen beschrieb was ich wollte, da brachen alle in ein großes unvernünftiges Gelächter aus. – Am verwunderlichsten war mir eine Nachtmusik, die sich oft, und grade immer in den finstersten Nächten, unter meinem Fenster hören ließ. Es griff auf einer Gitarre immer nur von Zeit zu Zeit einzelne, ganz leise Klänge. Das eine Mal aber kam es mir vor, als wenn es dabei von unten: »pst! pst!« heraufrief. Ich fuhr daher geschwind aus dem Bett, und mit dem Kopf aus dem Fenster. »Holla! heda! wer ist da draußen?«, rief ich hinunter. Aber es antwortete niemand, ich hörte nur etwas sehr schnell durch die Gesträuche fortlaufen. Der große Hund im Hofe schlug über meinem Lärm ein paar Mal an, dann war auf einmal alles wieder still, und die Nachtmusik ließ sich seitdem nicht wieder vernehmen.

Sonst hatte ich hier ein Leben, wie sich's ein Mensch nur immer in der Welt wünschen kann. Der gute Portier! er wusste wohl was er sprach, wenn er immer zu sagen pflegte, dass in Italien einem die Rosinen von selbst in den Mund wüchsen. Ich lebte auf dem einsamen Schlosse wie ein verwunschener Prinz. Wo ich hintrat, hatten die Leute eine große Ehrerbietung vor mir, obgleich sie schon alle wussten, dass ich keinen Heller in der Tasche hatte. Ich durfte nur sagen: »Tischchen deck dich!«, so standen auch schon herrliche Speisen, Reis, Wein, Melonen und Parmesankäse da. Ich ließ mir's wohlschmecken, schlief in dem prächtigen Himmelbett, ging im Garten spazieren, musizierte und half wohl auch manchmal in der Gärtnerei nach. Oft lag ich auch stundenlang im Garten im hohen Grase, und der schmale Jüngling (es war ein Schüler und Verwandter der Alten, der eben jetzt hier zur Vakanz war), ging mit seinem langen Kaputrock in weiten Kreisen um mich herum, und murmelte dabei, wie ein Zauberer, aus seinem Buche, worüber ich dann auch jedes Mal einschlummerte. – So verging ein Tag nach dem andern, bis ich am Ende anfing, von dem guten Essen und Trinken ganz melancholisch zu werden. Die Glieder gingen mir von dem ewigen Nichtstun ordentlich aus allen Gelenken, und es war mir, als würde ich vor Faulheit noch ganz auseinanderfallen.

In dieser Zeit saß ich einmal an einem schwülen Nachmittage im Wipfel eines hohen Baumes, der am Abhange stand, und wiegte mich auf den Ästen langsam über dem stillen, tiefen Tale. Die Bienen summten zwischen den Blättern um mich herum, sonst war alles wie ausgestorben, kein Mensch war zwischen den Bergen zu sehen, tief unter mir auf den stillen Waldwiesen ruhten die Kühe auf dem hohen Grase. Aber ganz von weiten kam der Klang eines Posthorns über die waldigen Gipfel herüber, bald kaum vernehmbar, bald wieder heller und deutlicher. Mir fiel dabei auf einmal ein altes Lied recht aufs Herz, das ich noch zu Hause auf meines Vaters Mühle von einem wandernden Handwerksburschen gelernt hatte, und ich sang:

> Wer in die Fremde will wandern,
> Der muss mit der Liebsten gehn,
> Es jubeln und lassen die andern
> Den Fremden alleine stehn.

Was wisset Ihr, dunkele Wipfeln
Von der alten schönen Zeit?
Ach, die Heimat hinter den Gipfeln,
Wie liegt sie von hier so weit.

Am liebsten betracht ich die Sterne,
Die schienen, wenn ich ging zu ihr,
Die Nachtigall hör ich so gerne,
Sie sang vor der Liebsten Tür.

Der Morgen, das ist meine Freude!
Da steig ich in stiller Stund
Auf den höchsten Berg in die Weite,
Grüß Dich Deutschland aus Herzensgrund!

Es war, als wenn mich das Posthorn bei meinem Liede aus der
Ferne begleiten wollte. Es kam, während ich sang, zwischen den
Bergen immer näher und näher, bis ich es endlich gar oben auf
dem Schlosshofe schallen hörte. Ich sprang rasch vom Baume
herunter. Da kam mir auch schon die Alte mit einem geöffneten
Pakete aus dem Schlosse entgegen. »Da ist auch etwas für Sie
mitgekommen«, sagte sie, und reichte mir aus dem Paket ein
kleines niedliches Briefchen. Es war ohne Aufschrift, ich brach
es schnell auf. Aber da wurde ich auch auf einmal im ganzen Gesichte so rot, wie eine Päonie, und das Herz schlug mir so heftig,
dass es die Alte merkte, denn das Briefchen war von – meiner
schönen Fraue, von der ich manches Zettelchen bei dem Herrn
Amtmann gesehen hatte. Sie schrieb darin ganz kurz: »Es ist alles wieder gut, alle Hindernisse sind beseitigt. Ich benutzte
heimlich diese Gelegenheit, um die Erste zu sein, die Ihnen diese
freudige Botschaft schreibt. Kommen, eilen Sie zurück. Es ist so
öde hier und ich kann kaum mehr leben, seit Sie von uns fort
sind. Aurelie.«
Die Augen gingen mir über, als ich das las, vor Entzücken
und Schreck und unsäglicher Freude. Ich schämte mich vor dem
alten Weibe, die mich wieder abscheulich anschmunzelte, und

flog wie ein Pfeil bis in den allereinsamsten Winkel des Gartens. Dort warf ich mich unter den Haselnusssträuchern ins Gras hin, und las das Briefchen noch einmal, sagte die Worte auswendig für mich hin, und las dann wieder und immer wieder, und die Sonnenstrahlen tanzten zwischen den Blättern hindurch über den Buchstaben, dass sie sich wie goldene und hellgrüne und rote Blüten vor meinen Augen ineinander schlangen. Ist sie am Ende gar nicht verheiratet gewesen?, dachte ich, war der fremde Offizier damals vielleicht ihr Herr Bruder, oder ist er nun tot, oder bin ich toll, oder – »Das ist alles einerlei!«, rief ich endlich und sprang auf, »nun ist's ja klar, sie liebt mich ja, sie liebt mich!«

Als ich aus dem Gesträuch wieder hervorkroch, neigte sich die Sonne zum Untergange. Der Himmel war rot, die Vögel sangen lustig in allen Wäldern, die Täler waren voller Schimmer, aber in meinem Herzen war es noch viel tausendmal schöner und fröhlicher!

Ich rief in das Schloss hinein, dass sie mir heut das Abendessen in den Garten herausbringen sollten. Die alte Frau, der alte grämliche Mann, die Mägde, sie mussten alle mit heraus und sich mit mir unter dem Baume an den gedeckten Tisch setzen. Ich zog meine Geige hervor und spielte und aß und trank dazwischen. Da wurden sie alle lustig, der alte Mann strich seine grämlichen Falten aus dem Gesicht und stieß ein Glas nach dem andern aus, die Alte plauderte in einem fort, Gott weiß was; die Mägde fingen an auf dem Rasen miteinander zu tanzen. Zuletzt kam auch noch der blasse Student neugierig hervor, warf einige verächtliche Blicke auf das Spektakel, und wollte ganz vornehm wieder weitergehen. Ich aber nicht zu faul, sprang geschwind auf, erwischte ihn, eh er sich's versah, bei seinem langen Überrock, und walzte tüchtig mit ihm herum. Er strengte sich nun an, recht zierlich und neumodisch zu tanzen, und füßelte so emsig und künstlich, dass ihm der Schweiß vom Gesicht herunterfloss und die langen Rockschöße wie ein Rad um uns herumflogen. Dabei sah er mich aber manchmal so kurios mit verdrehten

Augen an, dass ich mich ordentlich vor ihm zu fürchten anfing und ihn plötzlich wieder losließ.

Die Alte hätte nun gar zu gern erfahren, was in dem Briefe stand, und warum ich denn eigentlich heut auf einmal so lustig war. Aber das war ja viel zu weitläuftig, um es ihr auseinanderzusetzen zu können. Ich zeigte bloß auf ein paar Kraniche, die eben hoch über uns durch die Luft zogen, und sagte: »ich müsste nun auch so fort und immer fort, weit in die Ferne!« – Da riss sie die vertrockneten Augen weit auf, und blickte, wie ein Basilisk, bald auf mich, bald auf den alten Mann hinüber. Dann bemerkte ich, wie die beiden heimlich die Köpfe zusammensteckten, sooft ich mich wegwandte, und sehr eifrig miteinander sprachen, und mich dabei zuweilen von der Seite ansahen.

Das fiel mir auf. Ich sann hin und her, was sie wohl mit mir vorhaben möchten. Darüber wurde ich stiller, die Sonne war auch schon lange untergegangen, und so wünschte ich allen gute Nacht und ging nachdenklich in meine Schlafstube hinauf.

Ich war innerlich so fröhlich und unruhig, dass ich noch lange im Zimmer auf und nieder ging. Draußen wälzte der Wind schwere schwarze Wolken über den Schlossturm weg, man konnte kaum die nächsten Bergkoppen in der dicken Finsternis erkennen. Da kam es mir vor, als wenn ich im Garten unten Stimmen hörte. Ich löschte mein Licht aus und stellte mich ans Fenster. Die Stimmen schienen näher zu kommen, sprachen aber sehr leise miteinander. Auf einmal gab eine kleine Laterne, welche die eine Gestalt unterm Mantel trug, einen langen Schein. Ich erkannte nun den grämlichen Schlossverwalter und die alte Haushälterin. Das Licht blitzte über das Gesicht der Alten, das mir noch niemals so grässlich vorgekommen war, und über ein langes Messer, das sie in der Hand hielt. Dabei konnte ich sehen, dass sie beide eben nach meinem Fenster hinaufsahen. Dann schlug der Verwalter seinen Mantel wieder dichter um, und es war bald alles wieder finster und still.

Was wollen die, dachte ich, zu dieser Stunde noch draußen im Garten? Mich schauderte, denn es fielen mir alle Mordgeschichten ein, die ich in meinem Leben gehört hatte, von Hexen und Räubern, welche Menschen abschlachten, um ihre Herzen zu fressen. Indem ich noch so nachdenke, kommen Menschentritte, erst die Treppe herauf, dann auf dem langen Gange ganz leise, leise auf meine Türe zu, dabei war es, als wenn zuweilen Stimmen heimlich miteinander wisperten. Ich sprang schnell an das andere Ende der Stube hinter einen großen Tisch, den ich, sobald sich etwas rührte, vor mir aufheben, und so mit aller Gewalt auf die Türe losrennen wollte. Aber in der Finsternis warf ich einen Stuhl um, dass es ein entsetzliches Gepolter gab. Da wurde es auf einmal ganz still draußen. Ich lauschte hinter dem Tisch und sah immerfort nach der Tür, als wenn ich sie mit den Augen durchstechen wollte, dass mir ordentlich die Augen zum Kopfe heraustanden. Als ich mich ein Weilchen wieder so ruhig verhalten hatte, dass man die Fliegen an der Wand hätte gehen hören, vernahm ich, wie jemand von draußen ganz leise einen Schlüssel ins Schlüsselloch steckte. Ich wollte nun eben mit meinem Tische losfahren, da drehte es den Schlüssel langsam dreimal in der Tür um, zog ihn vorsichtig wieder heraus und schnurrte dann sachte über den Gang und die Treppe hinunter.

Ich schöpfte nun tief Atem. Oho, dachte ich, da haben sie dich eingesperrt, damit sie's kommode haben, wenn ich erst fest eingeschlafen bin. Ich untersuchte geschwind die Tür. Es war richtig, sie war fest verschlossen, ebenso die andere Tür, hinter der die hübsche bleiche Magd schlief. Das war noch niemals geschehen, solange ich auf dem Schlosse wohnte.

Da saß ich nun in der Fremde gefangen! Die schöne Frau stand nun wohl an ihrem Fenster und sah über den stillen Garten nach der Landstraße hinaus ob ich nicht schon am Zollhäuschen mit meiner Geige dahergestrichen komme, die Wolken flogen rasch über den Himmel, die Zeit verging – und ich konnte nicht fort von hier! Ach, mir war so weh im Herzen, ich wusste gar nicht mehr, was ich tun sollte. Dabei war mir's auch immer, wenn die Blätter draußen rauschten, oder eine Ratte am Boden knosperte, als wäre die Alte durch eine verborgene Tapetentür heimlich hereingetreten und lauere und schleiche leise mit dem langen Messer durchs Zimmer.

Als ich so voll Sorgen auf dem Bette saß, hörte ich auf einmal seit langer Zeit wieder die Nachtmusik unter meinen Fenstern. Bei dem ersten Klange der Gitarre war es mir nicht anders, als wenn mir ein Morgenstrahl plötzlich durch die Seele führe. Ich riss das Fenster auf und rief leise herunter, dass ich wach sei. »Pst, pst!«, antwortete es von unten. Ich besann mich nun nicht lange, steckte das Briefchen und meine Geige zu mir, schwang mich aus dem Fenster, und kletterte an der alten, zersprungenen Mauer hinab, indem ich mich mit den Händen an den Sträuchern, die aus den Ritzen wuchsen, anhielt. Aber einige morsche Ziegel gaben nach, ich kam ins Rutschen, es ging immer rascher und rascher mit mir, bis ich endlich mit beiden Füßen aufplumpte, dass mir's im Gehirnkasten knisterte.

Kaum war ich auf diese Art unten im Garten angekommen, so umarmte mich jemand mit solcher Vehemenz, dass ich laut aufschrie. Der gute Freund aber hielt mir schnell die Finger auf den Mund, fasste mich bei der Hand und führte mich dann aus dem Gesträuch ins Freie hinaus. Da erkannte ich mit Verwunderung den guten langen Studenten, der die Gitarre an einem breiten, seidenen Bande um den Hals hängen hatte. – Ich beschrieb ihm nun in größter Geschwindigkeit, dass ich aus dem Garten hinauswollte. Er schien aber das alles schon lange zu wissen, und führte mich auf allerlei verdeckten Umwegen zu dem untern Tore in der hohen Gartenmauer. Aber da war nun auch das Tor wieder fest verschlossen! Doch der Student hatte auch das schon vorbedacht, er zog einen großen Schlüssel hervor und schloss behutsam auf.

Als wir nun in den Wald hinaustraten und ich ihn eben noch um den besten Weg zur nächsten Stadt fragen wollte, stürzte er plötzlich vor mir auf ein Knie nieder, hob die eine Hand hoch in die Höh, und fing an zu fluchen und an zu schwören, dass es entsetzlich anzuhören war. Ich wusste gar nicht, was er wollte, ich hörte nur immerfort: Idio und cuore und amore und furore! Als er aber am Ende gar anfing, auf beiden Knien schnell und immer näher auf mich zuzurutschen, da wurde mir auf einmal ganz grauslich, ich merkte wohl, dass er verrückt war, und rannte, ohne mich umzusehen, in den dicksten Wald hinein.

Ich hörte nun den Studenten wie rasend hinter mir drein schreien. Bald darauf gab noch eine andere grobe Stimme vom Schlosse her Antwort. Ich dachte mir nun wohl, dass sie mich aufsuchen würden. Der Weg war mir unbekannt, die Nacht finster, ich konnte ihnen leicht wieder in die Hände fallen. Ich kletterte daher auf den Wipfel einer hohen Tanne hinauf, um bessere Gelegenheit abzuwarten.

Von dort konnte ich hören, wie auf dem Schlosse eine Stimme nach der andern wach wurde. Einige Windlichter zeigten sich oben und warfen ihre wilden roten Scheine über das alte Gemäuer des Schlosses und weit vom Berge in die schwarze Nacht hinein. Ich befahl meine Seele dem lieben Gott, denn das verworrene Getümmel wurde immer lauter und näherte sich immer mehr und mehr. Endlich stürzte der Student mit einer Fackel unter meinem Baume vorüber, dass ihm die Rockschöße weit im Winde nachflogen. Dann schienen sie sich alle nach und nach auf eine andere Seite des Berges hinzuwenden, die Stimmen schallten immer ferner und ferner, und der Wind rauschte wieder durch den stillen Wald. Da stieg ich schnell von dem Baume herab, und lief atemlos weiter in das Tal und die Nacht hinaus.

Siebentes Kapitel

Ich war Tag und Nacht eilig fortgegangen, denn es sauste mir lange in den Ohren, als kämen die von dem Berge mit ihrem Rufen, mit Fackeln und langen Messern noch immer hinter mir drein. Unterwegs erfuhr ich, dass ich nur noch ein paar Meilen von Rom wäre. Da erschrak ich ordentlich vor Freude. Denn von dem prächtigen Rom hatte ich schon zu Hause als Kind viele wunderbare Geschichten gehört, und wenn ich dann an Sonntagsnachmittagen vor der Mühle im Grase lag und alles ringsum so stille war, da dachte ich mir Rom wie die ziehenden Wolken über mir, mit wundersamen Bergen und Abgründen am blauen Meer, und goldnen Toren und hohen glänzenden Türmen, von denen Engel in goldenen Gewändern sangen. – Die Nacht war schon wieder lange hereingebrochen, und der Mond schien prächtig, als ich endlich auf einem Hügel aus dem Walde heraustrat, und auf einmal die Stadt in der Ferne vor mir sah. – Das Meer leuchtete von weiten, der Himmel blitzte und funkelte unübersehbar mit unzähligen Sternen, darunter lag die heilige Stadt, von der man nur einen langen Nebelstreif erkennen konnte, wie ein eingeschlafner Löwe auf der stillen Erde, und Berge standen daneben, wie dunkle Riesen, die ihn bewachten.

Ich kam nun zuerst auf eine große, einsame Heide, auf der es so grau und still war, wie im Grabe. Nur hin und her stand ein altes verfallenes Gemäuer oder ein trockener wunderbar gewundener Strauch; manchmal schwirrten Nachtvögel durch die Luft, und mein eigener Schatten strich immerfort lang und dunkel in der Einsamkeit neben mir her. Sie sagen, dass hier eine uralte Stadt und die Frau Venus begraben liegt, und die alten Heiden zuweilen noch aus ihren Gräbern heraufsteigen und bei stiller Nacht über die Heide gehn und die Wanderer verwirren. Aber ich ging immer grade fort und ließ mich nichts anfechten. Denn die Stadt stieg immer deutlicher und prächtiger vor mir herauf, und die hohen Burgen und Tore und goldenen Kuppeln glänzten so herrlich im hellen Mondschein, als ständen wirklich die Engel in goldenen Gewändern auf den Zinnen und sängen durch die stille Nacht herüber.

So zog ich denn endlich, erst an kleinen Häusern vorbei, dann durch ein prächtiges Tor in die berühmte Stadt Rom hinein. Der Mond schien zwischen den Palästen, als wäre es heller Tag, aber die Straßen waren schon alle leer, nur hin und wieder lag ein lumpiger Kerl, wie ein Toter, in der lauen Nacht auf den Marmorschwellen und schlief. Dabei rauschten die Brunnen auf den stillen Plätzen, und die Gärten an der Straße säuselten dazwischen und erfüllten die Luft mit erquickenden Düften.

Wie ich nun eben so weiter fortschlendere, und vor Vergnügen, Mondschein und Wohlgeruch gar nicht weiß, wohin ich mich wenden soll, lässt sich tief aus dem einen Garten eine Gitarre hören. Mein Gott, denk ich, da ist mir wohl der tolle Student mit dem langen Überrock heimlich nachgesprungen! Darüber fing eine Dame in dem Garten an überaus lieblich zu singen. Ich stand ganz wie bezaubert, denn es war die Stimme der schönen gnädigen Frau, und dasselbe welsche Liedchen, das sie gar oft zu Hause am offnen Fenster gesungen hatte.

Da fiel mir auf einmal die schöne alte Zeit mit solcher Gewalt aufs Herz, dass ich bitterlich hätte weinen mögen, der stille Garten vor dem Schloss in früher Morgenstunde, und wie ich da hinter dem Strauch so glückselig war, ehe mir die dumme Fliege in die Nase flog. Ich konnte mich nicht länger halten. Ich kletterte auf den vergoldeten Zierraten über das Gittertor, und schwang mich in den Garten hinunter, woher der Gesang kam. Da bemerkte ich, dass eine schlanke weiße Gestalt von fern hinter einer Pappel stand und mir erst verwundert zusah, als ich über das Gitterwerk kletterte, dann aber auf einmal so schnell durch den dunklen Garten nach dem Hause zuflog, dass man sie im Mondschein kaum füßeln sehen konnte. »Das war sie selbst!«, rief ich aus, und das Herz schlug mir vor Freude, denn ich erkannte sie gleich an den kleinen geschwinden Füßchen wieder.

Es war nur schlimm, dass ich mir beim Herunterspringen vom Gartentore den rechten Fuß etwas vertreten hatte, ich musste daher erst ein paar Mal mit dem Beine schlenkern, eh ich zu dem Hause nachspringen konnte. Aber da hatten sie unterdes Tür und Fenster fest verschlossen. Ich klopfte ganz bescheiden an, horchte und klopfte wieder. Da war es nicht anders, als wenn es drinnen leise flüsterte und kicherte, ja einmal kam es mir vor, als wenn zwei helle Augen zwischen den Jalousien im Mondschein hervorfunkelten. Dann war auf einmal wieder alles still.

»Sie weiß nur nicht, dass *ich* es bin«, dachte ich, zog die Geige, die ich allzeit bei mir trage, hervor, spazierte damit auf dem Gange vor dem Hause auf und nieder, und spielte und sang das Lied von der schönen Frau, und spielte voll Vergnügen alle meine Lieder durch, die ich damals in den schönen Sommernächten im Schlossgarten, oder auf der Bank vor dem Zollhause gespielt hatte, dass es weit bis in die Fenster des Schlosses hinüberklang. – Aber es half alles nichts, es rührte und regte sich niemand im ganzen Hause. Da steckte ich endlich meine Geige traurig ein, und legte mich auf die Schwelle vor der Haustür hin, denn ich war sehr müde von dem langen Marsch. Die Nacht war warm, die Blumenbeete vor dem Hause dufteten lieblich, eine Wasserkunst weiter unten im Garten plätscherte immerfort dazwischen. Mir träumte von himmelblauen Blumen, von schönen, dunkelgrünen, einsamen Gründen, wo Quellen rauschten und Bächlein gingen, und bunte Vögel wunderbar sangen, bis ich endlich fest einschlief.

Als ich aufwachte, rieselte mir die Morgenluft durch alle Glieder. Die Vögel waren schon wach und zwitscherten auf den Bäumen um mich herum, als ob sie mich fürn Narren haben wollten. Ich sprang rasch auf und sah mich nach allen Seiten um. Die Wasserkunst im Garten rauschte noch immerfort, aber in dem Hause war kein Laut zu vernehmen. Ich guckte durch die grünen Jalousien in das eine Zimmer hinein. Da war ein Sofa, und ein großer runder Tisch mit grauer Leinwand verhangen, die Stühle standen alle in großer Ordnung und unverrückt an den Wänden herum; von außen aber waren die Jalousien an allen Fenstern heruntergelassen, als wäre das ganze Haus schon seit vielen Jahren unbewohnt. – Da überfiel mich ein ordentliches Grausen vor dem einsamen Hause und Garten und vor der gestrigen weißen Gestalt. Ich lief, ohne mich weiter umzusehen, durch die stillen Lauben und Gänge, und kletterte geschwind wieder an dem Gartentor hinauf. Aber da blieb ich wie verzaubert sitzen, als ich auf einmal von dem hohen Gitterwerk in die prächtige Stadt hinuntersah. Da blitzte und funkelte die Morgensonne weit über die Dächer und in die langen stillen Straßen hinein, dass ich laut aufjauchzen musste, und voller Freude auf die Straße hinuntersprang.

Aber wohin sollt ich mich wenden in der großen fremden Stadt? Auch ging mir die konfuse Nacht und das welsche Lied der schönen gnädigen Frau von gestern noch immer im Kopfe hin und her. Ich setzte mich endlich auf den steinernen Springbrunnen, der mitten auf dem einsamen Platze stand, wusch mir in dem klaren Wasser die Augen hell und sang dazu:

> Wenn ich ein Vöglein wär,
> Ich wüsst wohl, wovon ich sänge,
> Und auch zwei Flüglein hätt,
> Ich wüsst wohl, wohin ich mich schwänge!

»Ei, lustiger Gesell, du singst ja wie eine Lerche beim ersten Morgenstrahl!«, sagte da auf einmal ein junger Mann zu mir, der während meines Liedes an den Brunnen herangetreten war. Mir aber, da ich so unverhofft Deutsch sprechen hörte, war es nicht anders im Herzen, als wenn die Glocke aus meinem Dorfe am stillen Sonntagsmorgen plötzlich zu mir herüberklänge. »Gott, willkommen, bester Herr Landsmann!«, rief ich aus und sprang voller Vergnügen von dem steinernen Brunnen herab. Der junge Mann lächelte und sah mich von oben bis unten an. »Aber was treibt Ihr denn eigentlich hier in Rom?«, fragte er endlich. Da wusste ich nun nicht gleich, was ich sagen sollte, denn dass ich soeben der schönen gnädigen Frau nachspränge, mocht ich ihm nicht sagen. »Ich treibe«, erwiderte ich, »mich selbst ein bisschen herum, um die Welt zu sehn.« – »So so!«, versetzte der junge Mann und lachte laut auf, »da haben wir ja ein Metier. Das tu ich eben auch, um die Welt zu sehn, und hinterdrein abzumalen.« – »Also ein Maler?«, rief ich fröhlich aus, denn mir fiel dabei Herr Leonhard und Guido ein. Aber der Herr ließ mich nicht zu Worte kommen. »Ich denke«, sagte er, »du gehst mit und frühstückst bei mir, da will ich dich selbst abkonterfeien, dass es eine Freude sein soll!« – Das ließ ich mir gern gefallen, und wanderte nun mit dem Maler durch die leeren Straßen, wo nur hin und wieder erst einige Fensterladen aufgemacht wurden und bald ein paar weiße Arme, bald ein verschlafnes Gesichtchen in die frische Morgenluft hinausguckte.

Er führte mich lange hin und her durch eine Menge konfuser enger und dunkler Gassen, bis wir endlich in ein altes verräuchertes Haus hineinwuschten. Dort stiegen wir eine finstre Treppe hinauf, dann wieder eine, als wenn wir in den Himmel hineinsteigen wollten. Wir standen nun unter dem Dache vor einer Tür still, und der Maler fing an in allen Taschen vorn und hinten mit großer Eilfertigkeit zu suchen. Aber er hatte heute früh vergessen zuzuschließen und den Schlüssel in der Stube gelassen. Denn er war, wie er mir unterweges erzählte, noch vor Tagesanbruch vor die Stadt hinausgegangen, um die Gegend bei Sonnenaufgang zu betrachten. Er schüttelte nur mit dem Kopfe und stieß die Türe mit dem Fuße auf.

Das war eine lange, lange große Stube, dass man darin hätte tanzen können, wenn nur nicht auf dem Fußboden alles vollgelegen hätte. Aber da lagen Stiefeln, Papiere, Kleider, umgeworfene Farbentöpfe, alles durcheinander; in der Mitte der Stube standen große Gerüste, wie man zum Birnenabnehmen braucht, ringsum an der Wand waren große Bilder angelehnt. Auf einem langen hölzernen Tische war eine Schüssel, worauf, neben einem Farbenkleckse, Brot und Butter lag. Eine Flasche Wein stand daneben.

»Nun esst und trinkt erst, Landsmann!«, rief mir der Maler

zu. – Ich wollte mir auch sogleich ein paar Butterschnitten schmieren, aber da war wieder kein Messer da. Wir mussten erst lange in den Papieren auf dem Tische herumraschlen, ehe wir es unter einem großen Pakete endlich fanden. Darauf riss der Maler das Fenster auf, dass die frische Morgenluft fröhlich das ganze Zimmer durchdrang. Das war eine herrliche Aussicht weit über die Stadt weg in die Berge hinein, wo die Morgensonne lustig die weißen Landhäuser und Weingärten beschien. – »Vivat unser kühlgrünes Deutschland da hinter den Bergen!«, rief der Maler aus und trank dazu aus der Weinflasche, die er mir dann hinreichte. Ich tat ihm höflich Bescheid, und grüßte in meinem Herzen die schöne Heimat in der Ferne noch vieltausendmal.

Der Maler aber hatte unterdes das hölzerne Gerüst, worauf ein sehr großes Papier aufgespannt war, näher an das Fenster herangerückt. Auf dem Papiere war bloß mit großen schwarzen Strichen eine alte Hütte gar künstlich abgezeichnet. Darin saß die heilige Jungfrau mit einem überaus schönen, freudigen und doch recht wehmütigen Gesichte. Zu ihren Füßen auf einem Nestlein von Stroh lag das Jesuskind, sehr freundlich, aber mit großen ernsthaften Augen. Draußen auf der Schwelle der offnen Hütte aber knieten zwei Hirtenknaben mit Stab und Tasche. – »Siehst du«, sagte der Maler, »dem einen Hirtenknaben da will ich deinen Kopf aufsetzen, so kommt dein Gesicht doch auch etwas unter die Leute, und will's Gott, sollen sie sich daran noch erfreuen, wenn wir beide schon lange begraben sind und selbst so still und fröhlich vor der heiligen Mutter und ihrem Sohne knien, wie die glücklichen Jungen hier.« – Darauf ergriff er einen alten Stuhl, von dem ihm aber, da er ihn aufheben wollte, die halbe Lehne in der Hand blieb. Er passte ihn geschwind wieder zusammen, schob ihn vor das Gerüst hin, und ich musste mich nun daraufsetzen und mein Gesicht etwas von der Seite, nach dem Maler zu, wenden. – So saß ich ein paar Minuten ganz still, ohne mich zu rühren. Aber ich weiß nicht, zuletzt konnt ich's gar nicht recht aushalten, bald juckte mich's da, bald juckte mich's dort. Auch hing mir grade gegenüber ein zerbrochner halber Spiegel, da musst ich immerfort hineinsehn, und machte, wenn er eben malte, aus Langeweile allerlei Gesichter und Grimassen. Der Maler, der es bemerkte, lachte endlich laut auf und winkte mir mit der Hand, dass ich wieder aufstehen sollte. Mein Gesicht auf dem Hirten war auch schon fertig, und sah so klar aus, dass ich mir ordentlich selber gefiel.

Er zeichnete nun in der frischen Morgenkühle immer fleißig fort, während er ein Liedchen dazu sang und zuweilen durch das offne Fenster in die prächtige Gegend hinausblickte. Ich aber schnitt mir unterdes noch eine Butterstolle und ging damit vergnügt im Zimmer auf und ab und besah mir die Bilder, die an der Wand aufgestellt waren. Zwei darunter gefielen mir ganz besonders gut. »Habt Ihr die auch gemalt?«, frug ich den Maler. »Warum nicht gar?«, erwiderte er, »die sind von den berühmten Meistern Leonardo da Vinci und Guido Reni – aber da weißt du ja doch nichts davon!« – Mich ärgerte der Schluss der Rede. »O«, versetzte ich ganz gelassen, »die beiden Meister kenne ich wie meine eigne Tasche.« – Da machte er große Augen. »Wieso?«, frug er geschwind. »Nun«, sagte ich, »bin ich nicht mit ihnen Tag und Nacht fortgereist, zu Pferde und zu Fuß und zu Wagen, dass mir der Wind am Hute pfiff, und hab sie alle beide in der Schenke verloren, und bin dann allein in ihrem Wagen mit Extrapost immer weitergefahren, dass der Bombenwagen immerfort auf zwei Rädern über die entsetzlichen Steine flog, und« – »Oho! Oho!«, unterbrach mich der Maler, und sah mich starr an, als wenn er mich für verrückt hielte. Dann aber brach er plötzlich in ein lautes Gelächter aus. »Ach«, rief er, »nun versteh ich erst, du bist mit zwei Malern gereist, die Guido und Leonhard hießen?« – Da ich das bejahte, sprang er rasch auf und sah mich nochmals von oben bis unten ganz genau an. »Ich glaube gar«, sagte er, »am Ende – spielst du die Violine?« – Ich schlug auf meine Rocktasche, dass die Geige darin einen Klang gab. – »Nun wahrhaftig«, versetzte der Maler, »da war eine Gräfin aus Deutschland hier, die hat sich in allen Winkeln von Rom nach den beiden Malern und nach einem jungen Musikanten mit der

Geige erkundigen lassen.« – »Eine junge Gräfin aus Deutschland?«, rief ich voller Entzücken aus, »ist der Portier mit?« – »Ja das weiß ich alles nicht«, erwiderte der Maler, »ich sah sie nur einige Mal bei einer Freundin von ihr, die aber auch nicht in der Stadt wohnt. – Kennst du die?«, fuhr er fort, indem er in einem Winkel plötzlich eine Leinwanddecke von einem großen Bilde in die Höhe hob. Da war mir's doch nicht anders, als wenn man in einer finstern Stube die Lade aufmacht und einem die Morgensonne auf einmal über die Augen blitzt, es war – die schöne gnädige Frau! – sie stand in einem schwarzen Samtkleide im Garten, und hob mit der einen Hand den Schleier vom Gesicht und sah still und freundlich in eine weite prächtige Gegend hinaus. Je länger ich hinsah, je mehr kam es mir vor, als wäre es der Garten am Schlosse, und die Blumen und Zweige wiegten sich leise im Winde, und unten in der Tiefe sähe ich mein Zollhäuschen und die Landstraße weit durchs Grüne, und die Donau und die fernen blauen Berge.

»Sie ist's, sie ist's!«, rief ich endlich, erwischte meinen Hut, und rannte rasch zur Tür hinaus, die vielen Treppen hinunter, und hörte nur noch, dass mir der verwunderte Maler nachschrie, ich sollte gegen Abend wiederkommen, da könnten wir vielleicht mehr erfahren!

Achtes Kapitel

Ich lief mit großer Eilfertigkeit durch die Stadt, um mich sogleich wieder in dem Gartenhause zu melden, wo die schöne Frau gestern Abend gesungen hatte. Auf den Straßen war unterdes alles lebendig geworden, Herren und Damen zogen im Sonnenschein und neigten sich und grüßten bunt durcheinander, prächtige Karossen rasselten dazwischen, und von allen Türmen läutete es zur Messe, dass die Klänge über dem Gewühle wunderbar in der klaren Luft durcheinander hallten. Ich war wie betrunken von Freude und von dem Rumor, und rannte in meiner Fröhlichkeit immer grade fort, bis ich zuletzt gar nicht mehr wusste, wo ich stand. Es war wie verzaubert, als wäre der stille Platz mit dem Brunnen, und der Garten, und das Haus bloß ein Traum gewesen, und beim hellen Tageslicht alles wieder von der Erde verschwunden.

Fragen konnte ich nicht, denn ich wusste den Namen des Platzes nicht. Endlich fing es auch an sehr schwül zu werden, die Sonnenstrahlen schossen recht wie sengende Pfeile auf das Pflaster, die Leute verkrochen sich in die Häuser, die Jalousien wurden überall wieder zugemacht, und es war auf einmal wie ausgestorben auf den Straßen. Ich warf mich zuletzt ganz verzweifelt vor einem großen schönen Hause hin, vor dem ein Balkon mit Säulen breiten Schatten warf, und betrachtete bald die stille Stadt, die in der plötzlichen Einsamkeit bei heller Mittagstunde ordentlich schauerlich aussah, bald wieder den tiefblauen, ganz wolkenlosen Himmel, bis ich endlich vor großer Ermüdung gar einschlummerte. Da träumte mir, ich läge bei meinem Dorfe auf einer einsamen grünen Wiese, ein warmer Sommerregen sprühte und glänzte in der Sonne, die soeben hinter den Bergen unterging, und wie die Regentropfen auf den Rasen fielen, waren es lauter schöne bunte Blumen, sodass ich davon ganz überschüttet war.

Aber wie erstaunte ich, als ich erwachte, und wirklich eine Menge schöner frischer Blumen auf und neben mir liegen sah! Ich sprang auf, konnte aber nichts Besonderes bemerken, als bloß in dem Hause über mir ein Fenster ganz oben voll von duftenden Sträuchern und Blumen, hinter denen ein Papagei unablässig plauderte und kreischte. Ich las nun die zerstreuten Blumen auf, band sie zusammen und steckte mir den Strauß vorn ins Knopfloch. Dann aber fing ich an, mit dem Papagei ein wenig zu diskurrieren, denn es freute mich, wie er in seinem vergoldeten Gebauer mit allerlei Grimassen herauf und herunter stieg und sich dabei immer ungeschickt über die große Zehe trat. Doch ehe ich mich's versah, schimpfte er mich »furfante!« Wenn es gleich eine unvernünftige Bestie war, so ärgerte es mich doch. Ich schimpfte ihn wieder, wir gerieten endlich beide in Hitze, je mehr ich auf Deutsch schimpfte, je mehr gurgelte er auf Italienisch wieder auf mich los.

Auf einmal hörte ich jemanden hinter mir lachen. Ich drehte mich rasch um. Es war der Maler von heute früh. »Was stellst du wieder für tolles Zeug an!«, sagte er, »ich warte schon eine halbe Stunde auf dich. Die Luft ist wieder kühler, wir wollen in einen Garten vor der Stadt gehen, da wirst du mehrere Landsleute finden und vielleicht etwas Näheres von der deutschen Gräfin erfahren.«

Darüber war ich außerordentlich erfreut, und wir traten unsern Spaziergang sogleich an, während ich den Papagei noch lange hinter mir drein schimpfen hörte.

Nachdem wir draußen vor der Stadt auf schmalen steinigen Fußsteigen lange zwischen Landhäusern und Weingärten hinaufgestiegen waren, kamen wir an einen kleinen hochgelegenen Garten, wo mehrere junge Männer und Mädchen im Grünen um einen runden Tisch saßen. Sobald wir hineintraten, winkten uns alle zu, uns still zu verhalten, und zeigten auf die andere Seite des Gartens hin. Dort saßen in einer großen, grünverwachsenen Laube zwei schöne Frauen an einem Tisch einander gegenüber. Die eine sang, die andere spielte Gitarre dazu. Zwischen beiden hinter dem Tische stand ein freundlicher Mann, der mit einem kleinen Stäbchen zuweilen den Takt schlug. Dabei funkelte die Abendsonne durch das Weinlaub, bald über die Weinflaschen und Früchte, womit der Tisch in der Laube besetzt war, bald über die vollen, runden, blendend weißen Achseln der Frau mit der Gitarre. Die andere war wie verzückt und sang auf Italienisch ganz außerordentlich künstlich, dass ihr die Flechsen am Halse aufschwollen.

Wie sie nun soeben, mit zum Himmel gerichteten Augen, eine lange Kadenz anhielt, und der Mann neben ihr mit aufgehobenem Stäbchen auf den Augenblick passte, wo sie wieder in den Takt einfallen würde, und keiner im ganzen Garten zu atmen sich unterstand, da flog plötzlich die Gartentüre weit auf, und ein ganz erhitztes Mädchen und hinter ihr ein junger Mensch mit einem feinen, bleichen Gesicht stürzten in großem Gezänke herein. Der erschrockene Musikdirektor blieb mit seinem aufgehobenen Stabe wie ein versteinerter Zauberer stehen, obgleich die Sängerin schon längst den langen Triller plötzlich abgeschnappt hatte, und zornig aufgestanden war. Alle Übrigen zischten den Neuangekommenen wütend an. »Barbar!«, rief ihm einer von dem runden Tische zu, »du rennst da mitten in das sinnreiche Tableau von der schönen Beschreibung hinein, welche der selige Hoffmann, Seite 347 des ›Frauentaschenbuchs für 1816‹, von dem schönsten Hummel'schen Bilde gibt, das im Herbst 1814 auf der Berliner Kunstausstellung zu sehen war!« – Aber das half alles nichts. »Ach was!«, entgegnete der junge Mann, »mit euren Tableaus von Tableaus! Mein selbst erfundenes Bild für die andern, und mein Mädchen für mich allein! So will ich es halten! O du Ungetreue, du Falsche!«, fuhr er dann von neuem gegen das arme Mädchen fort, »du kritische Seele, die in der Malerkunst nur den Silberblick, und in der Dichtkunst nur den goldenen Faden sucht, und keinen Liebsten, sondern nur lauter Schätze hat! Ich wünsche dir hinfüro, anstatt eines ehrlichen malerischen Pinsels, einen alten Duca mit einer ganzen Münzgrube von Diamanten auf der Nase, und mit hellem Silberblick auf der kahlen Platte, und mit Goldschnitt auf den paar noch übrigen Haaren! Ja nur heraus mit dem verruchten Zettel, den du da vorhin vor mir versteckt hast! Was hast du wieder angezettelt? Von wem ist der Wisch, und an wen ist er?«

Aber das Mädchen sträubte sich standhaft, und je eifriger die anderen den erbosten jungen Menschen umgaben und ihn mit großem Lärm zu trösten und zu beruhigen suchten, desto erhitzter und toller wurde er von dem Rumor, zumal da das Mädchen auch ihr Mäulchen nicht halten konnte, bis sie endlich weinend aus dem verworrenen Knäuel hervorflog, und sich auf einmal ganz unverhofft an meine Brust stürzte, um bei mir Schutz zu suchen. Ich stellte mich auch sogleich in die gehörige Positur, aber da die andern in dem Getümmel soeben nicht auf uns Acht gaben, kehrte sie plötzlich das Köpfchen nach mir herauf und flüsterte mir mit ganz ruhigem Gesicht sehr leise und schnell ins Ohr: »Du abscheulicher Einnehmer! um dich muss ich das alles leiden. Da steck den fatalen Zettel geschwind zu dir, du findest darauf bemerkt, wo wir wohnen. Also zur bestimmten Stunde, wenn du ins Tor kommst, immer die einsame Straße rechts fort! –«

Ich konnte vor Verwunderung kein Wort hervorbringen, denn wie ich sie nun erst recht ansah, erkannte ich sie auf einmal: es war wahrhaftig die schnippische Kammerjungfer vom Schloss, die mir damals an dem schönen Samstagsabende die Flasche mit Wein brachte. Sie war mir sonst niemals so schön vorgekommen, als da sie sich jetzt so erhitzt an mich lehnte, dass die schwarzen Locken über meinen Arm herabhingen. – »Aber, verehrteste Mamsell«, sagte ich voller Erstaunen, »wie kommen Sie« – »Um Gottes willen, still nur, jetzt still!«, erwiderte sie, und sprang geschwind von mir fort auf die andere Seite des Gartens, eh ich mich noch auf alles recht besinnen konnte.

Unterdes hatten die andern ihr erstes Thema fast ganz vergessen, zankten aber untereinander recht vergnüglich weiter, indem sie dem jungen Menschen beweisen wollten, dass er eigentlich betrunken sei, was sich für einen ehrliebenden Maler gar nicht schicke. Der runde fixe Mann aus der Laube, der – wie ich nachher erfuhr – ein großer Kenner und Freund von Künsten war, und aus Liebe zu den Wissenschaften gern alles mitmachte, hatte auch sein Stäbchen weggeworfen, und flankierte mit seinem fetten Gesicht das vor Freundlichkeit ordentlich glänzte, eifrig mitten in dem dicksten Getümmel herum, um alles zu vermitteln und zu beschwichtigen, während er dazwischen immer wieder die lange Kadenz und das schöne Tableau bedauerte, das er mit vieler Mühe zusammengebracht hatte.

Mir aber war es so sternklar im Herzen, wie damals an dem glückseligen Sonnabend, als ich am offnen Fenster vor der Weinflasche bis tief in die Nacht hinein auf der Geige spielte. Ich holte, da der Rumor gar kein Ende nehmen wollte, frisch meine Violine wieder hervor und spielte, ohne mich lange zu besinnen, einen welschen Tanz auf, den sie dort im Gebirge tanzen, und den ich auf dem alten, einsamen Waldschlosse gelernt hatte.

Da reckten sie alle die Köpfe in die Höh. »Bravo, bravissimo! ein deliziöser Einfall!«, rief der lustige Kenner von den Künsten, und lief sogleich von einem zum andern, um ein ländliches Divertissement, wie er's nannte, einzurichten. Er selbst machte den Anfang, indem er der Dame die Hand reichte, die vorhin in der Laube Gitarre gespielt hatte. Er begann darauf außerordentlich künstlich zu tanzen, schrieb mit den Fußspitzen allerlei Buchstaben auf den Rasen, schlug ordentliche Triller mit den Füßen, und machte von Zeit zu Zeit ganz passable Luftsprünge. Aber er bekam es bald satt, denn er war etwas korpulent. Er machte immer kürzere und ungeschicktere Sprünge, bis er endlich ganz aus dem Kreise heraustrat und heftig pustete und sich mit seinem schneeweißen Schnupftuch unaufhörlich den Schweiß abwischte. Unterdes hatte auch der junge Mensch, der nun wieder ganz gescheut geworden war, aus dem Wirtshause Kastagnetten herbeigeholt, und ehe ich mich's versah, tanzten alle unter den Bäumen bunt durcheinander. Die untergegangene Sonne warf noch einige rote Widerscheine zwischen die dunklen Schatten und über das alte Gemäuer und die von Efeu wild überwachsenen halb versunkenen Säulen hinten im Garten, während man von der andern Seite tief unter den Weinbergen die Stadt Rom in den Abendgluten liegen sah. Da tanzten sie alle lieblich im Grünen in der klaren stillen Luft, und mir lachte das Herz recht im Leibe, wie die schlanken Mädchen, und die Kammerjungfer mitten unter ihnen, sich so mit aufgehobenen Armen wie heidnische Waldnymphen zwischen dem Laubwerk schwangen, und dabei jedes Mal in der Luft mit den Kastagnetten lustig dazu schnalzten. Ich konnte mich nicht länger halten, ich sprang mitten unter sie hinein und machte, während ich dabei immerfort geigte, recht artige Figuren.

Ich mochte eine ziemliche Weile so im Kreise herumgesprungen sein, und merkte gar nicht, dass die andern unterdes anfingen müde zu werden und sich nach und nach von dem Rasenplatze verloren. Da zupfte mich jemand von hinten tüchtig an den Rockschößen. Es war die Kammerjungfer. »Sei kein Narr«, sagte sie leise, »du springst ja wie ein Ziegenbock! Studiere deinen Zettel ordentlich, und komm bald nach, die schöne junge Gräfin wartet.« – Und damit schlüpfte sie in der Dämmerung zur Gartenpforte hinaus, und war bald zwischen den Weingärten verschwunden.

Mir klopfte das Herz, ich wäre am liebsten gleich nachgesprungen. Zum Glück zündete der Kellner, da es schon dunkel geworden war, in einer großen Laterne an der Gartentür Licht an. Ich trat heran und zog geschwind den Zettel heraus. Da war ziemlich kritzlich mit Bleifeder das Tor und die Straße beschrieben, wie mir die Kammerjungfer vorhin gesagt hatte. Dann stand: »Elf Uhr an der kleinen Türe.« –

Da waren noch ein paar lange Stunden hin! – Ich wollte mich demungeachtet sogleich auf den Weg machen, denn ich hatte keine Rast und Ruhe mehr; aber da kam der Maler, der mich hierher gebracht hatte, auf mich los. »Hast du das Mädchen gesprochen?«, frug er, »ich seh sie nun nirgends mehr; das war das Kammermädchen von der deutschen Gräfin.« »Still, still!«, erwiderte ich, »die Gräfin ist noch in Rom.« »Nun desto besser«, sagte der Maler, »so komm und trink mit uns auf ihre Gesundheit!« und damit zog er mich, wie sehr ich mich auch sträubte, in den Garten zurück.

Da war es unterdes ganz öde und leer geworden. Die lustigen Gäste wanderten, jeder sein Liebchen am Arm, nach der Stadt zu, und man hörte sie noch durch den stillen Abend zwischen den Weingärten plaudern und lachen, immer ferner und ferner, bis sich endlich die Stimmen tief in dem Tale im Rauschen der Bäume und des Stromes verloren. Ich war nur noch mit meinem Maler, und dem Herrn Eckbrecht – so hieß der andre junge Maler, der sich vorhin so herumgezankt hatte – allein oben zurückgeblieben. Der Mond schien prächtig im Garten zwischen die hohen dunklen Bäume herein, ein Licht flackerte im Winde auf dem Tische vor uns und schimmerte über den vielen vergossnen Wein auf der Tafel. Ich musste mich mit hinsetzen und mein Maler plauderte mit mir über meine Herkunft, meine Reise, und meinen Lebensplan. Herr Eckbrecht aber hatte das junge hübsche Mädchen aus dem Wirtshause, nachdem sie uns Flaschen auf den Tisch gestellt, vor sich auf den Schoß genommen, legte ihr die Gitarre in den Arm, und lehrte sie ein Liedchen darauf klimpern. Sie fand sich auch bald mit den kleinen Händchen zurecht, und sie sangen dann zusammen ein italienisches Lied, einmal er, dann wieder das Mädchen eine Strophe, was sich in dem schönen stillen Abend prächtig ausnahm. – Als das Mädchen dann weggerufen wurde, lehnte sich Herr Eckbrecht mit der Gitarre der Bank zurück, legte seine Füße auf einen Stuhl, der vor ihm stand, und sang nun für sich allein viele herrliche deutsche und italienische Lieder, ohne sich weiter um uns zu bekümmern. Dabei schienen die Sterne prächtig am klaren Firmament, die ganze Gegend war wie versilbert vom Mondschein, ich dachte an die schöne Fraue, an die ferne Heimat, und vergaß darüber ganz meinen Maler neben mir. Zuweilen musste Herr Eckbrecht stimmen, darüber wurde er immer ganz zornig. Er drehte und riss zuletzt an dem Instrument, dass plötzlich eine

Saite sprang. Da warf er die Gitarre hin und sprang auf. Nun wurde er erst gewahr, dass mein Maler sich unterdes über seinen Arm auf den Tisch gelegt hatte und fest eingeschlafen war. Er warf schnell einen weißen Mantel um, der auf einem Aste neben dem Tische hing, besann sich aber plötzlich, sah erst meinen Maler, dann mich ein paar Mal scharf an, setzte sich darauf, ohne sich lange zu bedenken, grade vor mich auf den Tisch hin, räusperte sich, rückte an seiner Halsbinde, und fing dann auf einmal an, eine Rede an mich zu halten. »Geliebter Zuhörer und Landsmann!«, sagte er, »da die Flaschen beinah leer sind, und da die Moral unstreitig die erste Bürgerpflicht ist, wenn die Tugenden auf die Neige gehen, so fühle ich mich aus landsmännlicher Sympathie getrieben, dir einige Moralität zu Gemüte zu führen. – Man könnte zwar meinen«, fuhr er fort, »du seist ein bloßer Jüngling, während doch dein Frack über seine besten Jahre hinaus ist; man könnte vielleicht annehmen, du habest vorhin wunderliche Sprünge gemacht, wie ein Satyr; ja, einige möchten wohl behaupten, du seiest wohl gar ein Landstreicher, weil du hier auf dem Lande bist und die Geige streichst; aber ich kehre mich an solche oberflächliche Urteile nicht, ich halte mich an deine feingespitzte Nase, ich halte dich für ein vazierendes Genie.« – Mich ärgerten die verfänglichen Redensarten, ich wollte ihm soeben recht antworten. Aber er ließ mich nicht zu Worte kommen. »Siehst du«, sagte er, »wie du dich schon aufblähst von dem bisschen Lobe. Gehe in dich, und bedenke dieses gefährliche Metier! Wir Genies – denn ich bin auch eins – machen uns aus der Welt ebenso wenig, als sie aus uns, wir schreiten vielmehr ohne besondere Umstände in unsern Siebenmeilenstiefeln, die wir bald mit auf die Welt bringen, grade auf die Ewigkeit los. O höchst klägliche, unbequeme, breitgespreizte Position, mit dem einen Beine in der Zukunft, wo nichts als Morgenrot und zukünftige Kindergesichter dazwischen, mit dem andern Beine noch mitten in Rom auf der Piazza del Popolo, wo das ganze Säkulum bei der guten Gelegenheit mit will und sich an den Stiefel hängt, dass sie einem das Bein ausreißen möchten! Und alle das Zucken, Weintrinken und Hungerleiden lediglich für die unsterbliche Ewigkeit! Und siehe meinen Herrn Kollegen dort auf der Bank, der gleichfalls ein Genie ist; ihm wird die Zeit schon zu lang, was wird er erst in der Ewigkeit anfangen?! Ja, hochgeschätzter Herr Kollege, du und ich und die Sonne, wir sind heute früh zusammen aufgegangen, und haben den ganzen Tag gebrütet und gemalt, und es war alles schön – und nun fährt die schläfrige Nacht mit ihrem Pelzärmel über die Welt und hat alle Farben verwischt.« Er sprach noch immerfort und war dabei mit seinen verwirrten Haaren von dem Tanzen und Trinken im Mondschein ganz leichenblass anzusehen.

Mir aber graute schon lange vor ihm und seinem wilden Gerede, und als er sich nun förmlich zu dem schlafenden Maler herumwandte, benutzte ich die Gelegenheit, schlich, ohne dass er es bemerkte, um den Tisch, aus dem Garten heraus, und stieg, allein und fröhlich im Herzen, an dem Rebengeländer in das weite, vom Mondschein beglänzte Tal hinunter.

Von der Stadt her schlugen die Uhren Zehn. Hinter mir hörte ich durch die stille Nacht noch einzelne Gitarrenklänge und manchmal die Stimmen der beiden Maler, die nun auch nach Hause gingen, von ferne herüberschallen. Ich lief daher so schnell, als ich nur konnte, damit sie mich nicht weiter ausfragen sollten.

Am Tore bog ich sogleich rechts in die Straße ein, und ging mit klopfendem Herzen eilig zwischen den stillen Häusern und Gärten fort. Aber wie erstaunte ich, als ich da auf einmal auf dem Platze mit dem Springbrunnen herauskam, den ich heute am Tage gar nicht hatte finden können. Da stand das einsame Gartenhaus wieder, im prächtigsten Mondschein, und auch die schöne Fraue sang im Garten wieder dasselbe italienische Lied, wie gestern Abend. – Ich rannte voller Entzücken erst an die kleine Tür, dann an die Haustür, und endlich mit aller Gewalt an das große Gartentor, aber es war alles verschlossen. Nun fiel mir erst ein, dass es noch nicht elf geschlagen hatte. Ich ärgerte mich über die langsame Zeit, aber über das Gartentor klettern, wie gestern, mochte ich wegen der guten Lebensart nicht. Ich ging daher ein Weilchen auf dem einsamen Platze auf und ab, und setzte mich endlich wieder auf den steinernen Brunnen voll Gedanken und stiller Erwartung hin.

Die Sterne funkelten am Himmel, auf dem Platze war alles leer und still, ich hörte voll Vergnügen dem Gesange der schönen Frau zu, der zwischen dem Rauschen des Brunnens aus dem Garten herüberklang. Da erblickt ich auf einmal eine weiße Gestalt, die von der andern Seite des Platzes herkam, und grade auf die kleine Gartentür zuging. Ich blickte durch den Mondflimmer recht scharf hin – es war der wilde Maler in seinem weißen Mantel. Er zog schnell einen Schlüssel hervor, schloss auf, und ehe ich mich's versah, war er im Garten drin.

Nun hatte ich gegen den Maler schon von Anfang eine absonderliche Pike wegen seiner unvernünftigen Reden. Jetzt aber geriet ich ganz außer mir vor Zorn. Das liederliche Genie ist gewiss wieder betrunken, dachte ich, den Schlüssel hat er von der Kammerjungfer, und will nun die gnädige Frau beschleichen, verraten, überfallen. – Und so stürzte ich durch das kleine, offen gebliebene Pförtchen in den Garten hinein.

Als ich eintrat, war es ganz still und einsam darin. Die Flügeltür vom Gartenhause stand offen, ein milchweißer Lichtschein drang daraus hervor, und spielte auf dem Grase und den Blumen vor der Tür. Ich blickte von weitem herein. Da lag in einem prächtigen grünen Gemach, das von einer weißen Lampe nur wenig erhellt war, die schöne gnädige Frau, mit der Gitarre im Arm, auf einem seidenen Faulbettchen, ohne in ihrer Unschuld an die Gefahren draußen zu denken.

Ich hatte aber nicht lange Zeit, hinzusehen, denn ich bemerkte soeben, dass die weiße Gestalt von der andern Seite ganz behutsam hinter den Sträuchern nach dem Gartenhause zuschlich. Dabei sang die gnädige Frau so kläglich aus dem Hause, dass es mir recht durch Mark und Bein ging. Ich besann mich daher nicht lange, brach einen tüchtigen Ast ab, rannte damit gerade auf den Weißmantel los, und schrie aus vollem Halse »Mordio!«, dass der ganze Garten erzitterte.

Der Maler, wie er mich so unverhofft daherkommen sah, nahm schnell Reißaus, und schrie entsetzlich. Ich schrie noch besser, er lief nach dem Hause zu, ich ihm nach – und ich hätt ihn beinah schon erwischt, da verwickelte ich mich mit den Füßen in den fatalen Blumenstücken, und stürzte auf einmal der Länge nach vor der Haustür hin.

»Also du bist es, Narr!«, hörte ich da über mir ausrufen, »hast du mich doch fast zum Tode erschreckt!« – Ich raffte mich geschwind wieder auf, und wie ich mir den Sand und die Erde aus den Augen wische, steht die Kammerjungfer vor mir, die soeben bei dem letzten Sprunge den weißen Mantel von der Schulter verloren hatte. »Aber«, sagte ich ganz verblüfft, »war denn der Maler nicht hier?« – »Ja freilich«, entgegnete sie schnippisch, »sein Mantel wenigstens, den er mir, als ich ihn vorhin im Tor begegnete, umgehangen hat, weil mich fror.« – Über dem Geplauder war nun auch die gnädige Frau von ihrem Sofa aufgesprungen, und kam zu uns an die Tür. Mir klopfte das Herz zum Zerspringen. Aber wie erschrak ich, als ich recht hinsah und, anstatt der schönen gnädigen Frau, auf einmal eine ganz fremde Person erblickte!

Es war eine etwas große korpulente, mächtige Dame mit einer stolzen Adlernase und hochgewölbten schwarzen Augenbrauen, so recht zum Erschrecken schön. Sie sah mich mit ihren großen funkelnden Augen so majestätisch an, dass ich mich vor Ehrfurcht gar nicht zu lassen wusste. Ich war ganz verwirrt, ich machte in einem fort Komplimente, und wollte ihr zuletzt gar die Hand küssen. Aber sie riss ihre Hand schnell weg, und sprach dann auf Italienisch zu der Kammerjungfer, wovon ich nichts verstand.

Unterdes aber war von dem vorigen Geschrei die ganze Nachbarschaft lebendig geworden. Hunde bellten, Kinder schrien, zwischendurch hörte man einige Männerstimmen, die immer näher und näher auf den Garten zukamen. Da blickte mich die

Dame noch einmal an, als wenn sie mich mit feurigen Kugeln durchbohren wollte, wandte sich dann rasch nach dem Zimmer zurück, während sie dabei stolz und gezwungen auflachte, und schmiss mir die Türe vor der Nase zu. Die Kammerjungfer aber erwischte mich ohne weiteres beim Flügel, und zerrte mich nach der Gartenpforte.

»Da hast du wieder einmal recht dummes Zeug gemacht«, sagte sie unterwegs voller Bosheit zu mir. Ich wurde auch schon giftig. »Nun zum Teufel!«, sagte ich, »habt Ihr mich denn nicht selbst hierher bestellt?« – »Das ist's ja eben«, rief die Kammerjungfer, »meine Gräfin meinte es so gut mir dir, wirft dir erst Blumen aus dem Fenster zu, singt Arien – und das ist nun ihr Lohn! Aber mit dir ist nun einmal nichts anzufangen, du trittst dein Glück ordentlich mit Füßen.« – »Aber«, erwiderte ich, »ich meinte die Gräfin aus Deutschland, die schöne gnädige Frau –« »Ach«, unterbrach sie mich, »die ist ja schon lange wieder in Deutschland, mitsamt deiner tollen Amour. Und da lauf du nur auch wieder hin! Sie schmachtet ohnedies nach dir, da könnt ihr zusammen die Geige spielen und in den Mond gucken, aber dass du mir nicht wieder unter die Augen kommst!«

Nun aber entstand ein entsetzlicher Rumor und Spektakel hinter uns. Aus dem anderen Garten kletterten Leute mit Knüppeln hastig über den Zaun, andere fluchten und durchsuchten schon die Gänge, desperate Gesichter mit Schlafmützen guckten im Mondschein bald da bald dort über die Hecken, es war, als wenn der Teufel auf einmal aus allen Hecken und Sträuchern Gesindel heckte. – Die Kammerjungfer fackelte nicht lange. »Dort, dort läuft der Dieb!«, schrie sie den Leuten zu, indem sie dabei auf die andere Seite des Gartens zeigte. Dann schob sie mich schnell aus dem Garten, und klappte das Pförtchen hinter mir zu.

Da stand ich nun unter Gottes freiem Himmel wieder auf dem stillen Platze mutterseelenallein, wie ich gestern angekommen war. Die Wasserkunst, die mir vorhin im Mondschein so lustig flimmerte, als wenn Englein darin auf und nieder stiegen, rauschte noch fort wie damals, mir aber war unterdes alle Lust und Freude in den Brunn gefallen. – Ich nahm mir nun fest vor, dem falschen Italien mit seinen verrückten Malern, Pomeranzen und Kammerjungfern auf ewig den Rücken zu kehren, und wanderte noch zur selbigen Stunde zum Tore hinaus.

Neuntes Kapitel

Die treuen Berg' stehn auf der Wacht:
»Wer streicht bei stiller Morgenzeit
Da aus der Fremde durch die Heid?« –
Ich aber mir die Berg' betracht
Und lach in mich vor großer Lust,
Und rufe recht aus frischer Brust
Parol und Feldgeschrei sogleich:
Vivat Östreich!

Da kennt mich erst die ganze Rund,
Nun grüßen Bach und Vöglein zart
Und Wälder rings nach Landesart,
Die Donau blitzt aus tiefem Grund,
Der Stephansturm auch ganz von fern
Guckt übern Berg und säh mich gern,
Und ist er's nicht, so kommt er doch gleich,
Vivat Östreich!

Ich stand auf einem hohen Berge, wo man zum ersten Mal nach
Östreich hineinsehen kann, und schwenkte voller Freude noch
mit dem Hute und sang die letzte Strophe, da fiel auf einmal
hinter mir im Walde eine prächtige Musik von Blasinstrumen-
ten mit ein. Ich dreh mich schnell um und erblicke drei junge
Gesellen in langen blauen Mänteln, davon bläst der eine Oboe,
der andere die Klarinett, und der Dritte, der einen alten Dreistutzer auf dem Kopfe hatte, das Waldhorn – die akkompag-
nierten mich plötzlich, dass der ganze Wald erschallte. Ich, nicht
zu faul, ziehe meine Geige hervor, und spiele und singe sogleich
frisch mit. Da sah einer den andern bedenklich an, der Waldhornist ließ dann zuerst seine Bausbacken wieder einfallen und
setzte sein Waldhorn ab, bis am Ende alle stille wurden, und
mich anschauten. Ich hielt verwundert ein, und sah sie auch

an. – »Wir meinten«, sagte endlich der Waldhornist, »weil der Herr so einen langen Frack hat, der Herr wäre ein reisender Engländer, der hier zu Fuß die schöne Natur bewundert; da wollten wir uns ein Viatikum verdienen. Aber, mir scheint, der Herr ist selber ein Musikant.« – »Eigentlich ein Einnehmer«, versetzte ich, »und komme direkt von Rom her, da ich aber seit geraumer Zeit nichts mehr eingenommen, so habe ich mich unterweges mit der Violine durchgeschlagen.« – »Bringt nicht viel heutzutage!«, sagte der Waldhornist, der unterdes wieder an den Wald zurückgetreten war, und mit seinem Dreistutzer ein kleines Feuer anfachte, das sie dort angezündet hatten. »Da gehn die blasenden Instrumente schon besser«, fuhr er fort; »wenn so eine Herrschaft ganz ruhig zu Mittag speist, und wir treten unverhofft in das gewölbte Vorhaus und fangen alle drei aus Leibeskräften zu blasen an – gleich kommt ein Bedienter herausgesprungen mit Geld oder Essen, damit sie nur den Lärm wieder loswerden. Aber will der Herr nicht eine Kollation mit uns einnehmen?«

Das Feuer loderte nun recht lustig im Walde, der Morgen war frisch, wir setzten uns alle ringsumher auf den Rasen, und zwei von den Musikanten nahmen ein Töpfchen, worin Kaffee und auch schon Milch war, vom Feuer, holten Brot aus ihren Manteltaschen hervor, und tunkten und tranken abwechselnd aus dem Topfe, und es schmeckte ihnen so gut, dass es ordentlich eine Lust war anzusehen. – Der Waldhornist aber sagte: »Ich kann das schwarze Gesöff nicht vertragen«, und reichte mir dabei die eine Hälfte von einer großen übereinandergelegten Butterschnitte, dann brachte er eine Flasche Wein zum Vorschein. »Will der Herr nicht auch einen Schluck?« – Ich tat einen tüchtigen Zug, musste aber schnell wieder absetzen und das ganze Gesicht verziehn, denn es schmeckte wie Drei-Männer-Wein. »Hiesiges Gewächs«, sagte der Waldhornist, »aber der Herr hat sich in Italien den deutschen Geschmack verdorben.«

Darauf kramte er eifrig in seinem Schubsack und zog endlich unter allerlei Plunder eine alte zerfetzte Landkarte hervor, worauf noch der Kaiser in vollem Ornate zu sehen war, den Zepter in der rechten, den Reichsapfel in der linken Hand. Er breitete sie auf dem Boden behutsam auseinander, die andern rückten näher heran, und sie beratschlagten nun zusammen, was sie für eine Marschroute nehmen sollten.

»Die Vakanz geht bald zu Ende«, sagte der eine, »wir müssen uns gleich von Linz links abwenden, so kommen wir noch bei guter Zeit nach Prag.« – »Nun wahrhaftig!«, rief der Waldhornist, »wem willst du da was vorpfeifen? nichts als Wälder und Kohlenbauern, kein geläuterter Kunstgeschmack, keine vernünftige freie Station!« – »O Narrenspossen!«, erwiderte der andere, »die Bauern sind mir grade die Liebsten, die wissen am besten wo einen der Schuh drückt, und nehmen's nicht so genau, wenn man manchmal eine falsche Note bläst.« – »Das macht, du hast kein point d'honneur«, versetzte der Waldhornist, »odi profanum vulgus et arceo, sagt der Lateiner.« – »Nun, Kirchen aber muss es auf der Tour doch geben«, meinte der Dritte, »so kehren wir bei den Herren Pfarrern ein.« – »Gehorsamster Diener!«, sagte der Waldhornist, »die geben kleines Geld und große Sermone, dass wir nicht so unnütz in der Welt herumschweifen, sondern uns besser auf die Wissenschaften applizieren sollen, besonders wenn sie in mir den künftigen Herrn Konfrater wittern. Nein, nein, Clericus clericum non decimat. Aber was gibt es denn da überhaupt für große Not? die Herren Professoren sitzen auch noch im Karlsbade, und halten selbst den Tag nicht so genau ein.« – »Ja, distinguendum est inter et inter«, erwiderte der andere, »quod licet Jovi, non licet bovi!«

Ich aber merkte nun, dass es Prager Studenten waren, und bekam einen ordentlichen Respekt vor ihnen, besonders da ihnen das Latein nur so wie Wasser vom Munde floss. – »Ist der Herr auch ein Studierter?«, fragte mich darauf der Waldhornist. Ich erwiderte bescheiden, dass ich immer besondere Lust zum studieren, aber kein Geld gehabt hätte. – »Das tut gar nichts«, rief der Waldhornist, »wir haben auch weder Geld, noch reiche

Freundschaft. Aber ein gescheuter Kopf muss sich zu helfen wissen. Aurora musis amica, das heißt zu deutsch: Mit vielem Frühstücken sollst du dir nicht die Zeit verderben. Aber wenn dann die Mittagsglocken von Turm zu Turm und von Berg zu Berg über die Stadt gehen, und nun die Schüler auf einmal mit großem Geschrei aus dem alten finstern Kollegium herausbrechen und im Sonnenscheine durch die Gassen schwärmen – da begeben wir uns bei den Kapuzinern zum Pater Küchenmeister und finden unsern gedeckten Tisch, und ist er auch nicht gedeckt, so steht doch für jeden ein voller Topf darauf, da fragen wir nicht viel darnach und essen, und perfektionieren uns dabei noch im Lateinischsprechen. Sieht der Herr, so studieren wir von einem Tage zum andern fort. Und wenn dann endlich die Vakanz kommt, und die andern fahren und reiten zu ihren Eltern fort, da wandern wir mit unsern Instrumenten unterm Mantel durch die Gassen zum Tore hinaus, und die ganze Welt steht uns offen.«

Ich weiß nicht – wie er so erzählte – ging es mir recht durchs Herz, dass so gelehrte Leute so ganz verlassen sein sollten auf der Welt. Ich dachte dabei an mich, wie es mir eigentlich selber nicht anders ginge, und die Tränen traten mir in die Augen. – Der Waldhornist sah mich groß an. »Das tut gar nichts«, fuhr er wieder weiter fort, »ich möchte gar nicht so reisen: Pferde und Kaffee und frischüberzogene Betten, und Nachtmützen und Stiefelknecht vorausbestellt. Das ist just das Schönste, wenn wir so frühmorgens heraustreten, und die Zugvögel hoch über uns fortziehn, dass wir gar nicht wissen, welcher Schornstein heut für uns raucht, und gar nicht voraussehen, was uns bis zum Abend noch für ein besonderes Glück begegnen kann.« – »Ja«, sagte der andere, »und wo wir hinkommen und unsere Instrumente herausziehen, wird alles fröhlich, und wenn wir dann zur Mittagsstunde auf dem Lande in ein Herrschaftshaus treten, und im Hausflur blasen, da tanzen die Mägde miteinander vor der Haustür, und die Herrschaft lässt die Saaltür etwas aufmachen, damit sie die Musik drin besser hören, und durch die Lücke

kommt das Tellergeklapper und der Bratenduft in den freuden-
reichen Schall herausgezogen, und die Fräuleins an der Tafel ver-
drehen sich fast die Hälse, um die Musikanten draußen zu sehen.« – »Wahrhaftig«, rief der Waldhornist mit leuchtenden
Augen aus, »lasst die andern nur ihre Kompendien repetieren,
wir studieren unterdes in dem großen Bilderbuche, das der liebe
Gott uns draußen aufgeschlagen hat! Ja glaub nur der Herr, aus
uns werden grade die rechten Kerls, die den Bauern dann was zu
erzählen wissen und mit der Faust auf die Kanzel schlagen, dass
den Knollfinken unten vor Erbauung und Zerknirschung das
Herz im Leibe bersten möchte.«

Wie sie so sprachen, wurde mir so lustig in meinem Sinn, dass
ich gleich auch hätte mit studieren mögen. Ich konnte mich gar
nicht satt hören, denn ich unterhalte mich gern mit studierten
Leuten, wo man etwas profitieren kann. Aber es konnte gar
nicht zu einem recht vernünftigen Diskurse kommen. Denn
dem einen Studenten war vorhin angst geworden, weil die Vakanz so bald zu Ende gehen sollte. Er hatte daher hurtig sein
Klarinett zusammengesetzt, ein Notenblatt vor sich auf das auf-
gestemmte Knie hingelegt, und exerzierte sich eine schwierige
Passage aus einer Messe ein, die er mitblasen sollte, wenn sie
nach Prag zurückkamen. Da saß er nun und fingerte und pfiff
dazwischen manchmal so falsch, dass es einem durch Mark und
Bein ging und man oft sein eigenes Wort nicht verstehen
konnte.

Auf einmal schrie der Waldhornist mit seiner Bassstimme.
»Topp, da hab ich es«, er schlug dabei fröhlich auf die Landkarte
neben ihm. Der andere ließ auf einen Augenblick von seinem
fleißigen Blasen ab, und sah ihn verwundert an. »Hört«, sagte
der Waldhornist, »nicht weit von Wien ist ein Schloss, auf dem
Schlosse ist ein Portier, und der Portier ist mein Vetter! Teuerste
Kondiszipels, da müssen wir hin, machen dem Herrn Vetter unser Kompliment, und er wird dann schon dafür sorgen, wie er
uns wieder weiter fortbringt!« – Als ich das hörte, fuhr ich geschwind auf. »Bläst er nicht auf dem Fagott?«, rief ich, »und ist

von so langer grader Leibesbeschaffenheit, und hat eine große vornehme Nase?« – Der Waldhornist nickte mit dem Kopfe. Ich aber embrassierte ihn vor Freuden, dass ihm der Dreistutzer vom Kopfe fiel, und wir beschlossen nun sogleich, alle miteinander im Postschiffe auf der Donau nach dem Schloss der schönen Gräfin hinunterzufahren.

Als wir an das Ufer kamen, war schon alles zur Abfahrt bereit. Der dicke Gastwirt, bei dem das Schiff über Nacht angelegt hatte, stand breit und behaglich in seiner Haustür, die er ganz ausfüllte, und ließ zum Abschied allerlei Witze und Redensarten erschallen, während in jedem Fenster ein Mädchenkopf herausfuhr und den Schiffern noch freundlich zunickte, die soeben die letzten Pakete nach dem Schiffe schafften. Ein ältlicher Herr mit einem grauen Überrock und schwarzen Halstuch, der auch mitfahren wollte, stand am Ufer, und sprach sehr eifrig mit einem jungen schlanken Bürschchen, das mit langen ledernen Beinkleidern und knapper, scharlachroter Jacke vor ihm auf einem prächtigen Engländer saß. Es schien mir zu meiner großen Verwunderung, als wenn sie beide zuweilen nach mir hinblickten und von mir sprächen. – Zuletzt lachte der alte Herr, das schlanke Bürschchen schnalzte mit der Reitgerte, und sprengte, mit den Lerchen über ihm um die Wette, durch die Morgenluft in die blitzende Landschaft hinein.

Unterdes hatten die Studenten und ich unsere Kasse zusammengeschossen. Der Schiffer lachte und schüttelte den Kopf, als ihm der Waldhornist damit unser Fährgeld in lauter Kupferstücken aufzählte, die wir mit großer Not aus allen unsern Taschen zusammengebracht hatten. Ich aber jauchzte laut auf, als ich auf einmal wieder die Donau so recht vor mir sah; wir sprangen geschwind auf das Schiff hinauf, der Schiffer gab das Zeichen, und so flogen wir nun im schönsten Morgenglanze zwischen den Bergen und Wiesen hinunter.

Da schlugen die Vögel im Walde, und von beiden Seiten klangen die Morgenglocken von fern aus den Dörfern, hoch in der Luft hörte man manchmal die Lerchen dazwischen. Von dem

Schiffe aber jubilierte und schmetterte ein Kanarienvogel mit darein, dass es eine rechte Lust war.

Der gehörte einem hübschen jungen Mädchen, die auch mit auf dem Schiffe war. Sie hatte den Käfig dicht neben sich stehen, von der andern Seite hielt sie ein feines Bündel Wäsche unterm Arm, so saß sie ganz still für sich und sah recht zufrieden bald auf ihre neue Reiseschuhe, die unter dem Röckchen hervorkamen, bald wieder in das Wasser vor sich hinunter, und die Morgensonne glänzte ihr dabei auf der weißen Stirn, über der sie die Haare sehr sauber gescheitelt hatte. Ich merkte wohl, dass die Studenten gern einen höflichen Diskurs mit ihr angesponnen hätten, denn sie gingen immer an ihr vorüber, und der Waldhornist räusperte sich dabei und rückte bald an seiner Halsbinde, bald an dem Dreistutzer. Aber sie hatten keine rechte Courage, und das Mädchen schlug auch jedes Mal die Augen nieder, sobald sie ihr näherkamen.

Besonders aber genierten sie sich vor dem ältlichen Herrn, mit dem grauen Überrock, der nun auf der andern Seite des Schiffes saß, und den sie gleich für einen Geistlichen hielten. Er hatte ein Brevier vor sich, in welchem er las, dazwischen aber oft in die schöne Gegend von dem Buche aufsah, dessen Goldschnitt und die vielen dareingelegten bunten Heiligenbilder prächtig im Morgenschein blitzten. Dabei bemerkte er auch sehr gut, was auf dem Schiffe vorging, und erkannte bald die Vögel an ihren Federn; denn es dauerte nicht lange, so redete er einen von den Studenten lateinisch an, worauf alle drei herantraten, die Hüte vor ihm abnahmen, und ihm wieder lateinisch antworteten.

Ich aber hatte mich unterdes ganz vorn auf die Spitze des Schiffes gesetzt, ließ vergnügt meine Beine über dem Wasser herunterbaumeln, und blickte, während das Schiff so fort flog und die Wellen unter mir rauschten und schäumten, immerfort in die blaue Ferne, wie da ein Turm und ein Schloss nach dem andern aus dem Ufergrün hervorkam, wuchs und wuchs, und endlich hinter uns wieder verschwand. Wenn ich nur *heute* Flügel hätte!, dachte ich, und zog endlich vor Ungeduld meine liebe Violine hervor, und spielte alle meine ältesten Stücke durch, die ich noch zu Hause und auf dem Schloss der schönen Frau gelernt hatte.

Auf einmal klopfte mir jemand von hinten auf die Achsel. Es war der geistliche Herr, der unterdes sein Buch weggelegt, und mir schon ein Weilchen zugehört hatte. »Ei«, sagte er lachend zu mir, »ei, ei, Herr Ludi magister, Essen und Trinken vergisst er.« Er hieß mich darauf meine Geige einstecken, um einen Inbiss mit ihm einzunehmen, und führte mich zu einer kleinen lustigen Laube, die von den Schiffern aus jungen Birken und Tannenbäumchen in der Mitte des Schiffes aufgerichtet worden war. Dort hatte er einen Tisch hinstellen lassen, und ich, die Studenten, und selbst das junge Mädchen mussten uns auf die Fässer und Pakete ringsherum setzen.

Der geistliche Herr packte nun einen großen Braten und Butterschnitten aus, die sorgfältig in Papier gewickelt waren, zog auch aus einem Futteral mehrere Weinflaschen und einen silbernen, innerlich vergoldeten Becher hervor, schenkte ein, kostete erst, roch daran und prüfte wieder und reichte dann einem jeden von uns. Die Studenten saßen ganz kerzengerade auf ihren Fässern, und aßen und tranken nur sehr wenig vor großer Devotion. Auch das Mädchen tauchte bloß das Schnäbelchen in den Becher, und blickte dabei schüchtern bald auf mich, bald auf die Studenten, aber je öfter sie uns ansah, je dreister wurde sie nach und nach.

Sie erzählte endlich dem geistlichen Herrn, dass sie nun zum ersten Male von Hause in Kondition komme, und soeben auf das Schloss ihrer neuen Herrschaft reise. Ich wurde über und über rot, denn sie nannte dabei das Schloss der schönen gnädigen Frau. – Also das soll meine zukünftige Kammerjungfer sein!, dachte ich und sah sie groß an, und mir schwindelte fast dabei. – »Auf dem Schlosse wird es bald eine große Hochzeit geben«, sagte darauf der geistliche Herr. »Ja«, erwiderte das Mädchen, die gern von der Geschichte mehr gewusst hätte;

»man sagt, es wäre schon eine alte, heimliche Liebschaft gewesen, die Gräfin hätte es aber niemals zugeben wollen.« Der Geistliche antwortete nur mit: »Hm, hm!« während er seinen Jagdbecher vollschenkte, und mit bedenklichen Mienen daraus nippte. Ich aber hatte mich mit beiden Armen weit über den Tisch vorgelegt, um die Unterredung recht genau anzuhören. Der geistliche Herr bemerkte es. »Ich kann's Euch wohl sagen«, hub er wieder an, »die beiden Gräfinnen haben mich auf Kundschaft ausgeschickt, ob der Bräutigam schon vielleicht hier in der Gegend sei. Eine Dame aus Rom hat geschrieben, dass er schon lange von dort fort sei.« – Wie er von der Dame aus Rom anfing, wurd ich wieder rot. »Kennen denn Ew. Hochwürden den Bräutigam?«, fragte ich ganz verwirrt. – »Nein«, erwiderte der alte Herr, »aber er soll ein luftiger Vogel sein.« – »O ja«, sagte ich hastig, »ein Vogel, der aus jedem Käfig ausreißt, sobald er nur kann, und lustig singt, wenn er wieder in der Freiheit ist.« – »Und sich in der Fremde herumtreibt«, fuhr der Herr gelassen fort, »in der Nacht passatim geht, und am Tage vor den Haustüren schläft.« – Mich verdross das sehr. »Ehrwürdiger Herr«, rief ich ganz hitzig aus, »da hat man Euch falsch berichtet. Der Bräutigam ist ein moralischer, schlanker, hoffnungsvoller Jüngling, der in Italien in einem alten Schlosse auf großen Fuß gelebt hat, der mit lauter Gräfinnen, berühmten Malern und Kammerjungfern umgegangen ist, der sein Geld sehr wohl zu Rate zu halten weiß, wenn er nur welches hätte, der« – »Nun, nun, ich wusste nicht, dass Ihr ihn so gut kennt«, unterbrach mich hier der Geistliche, und lachte dabei so herzlich, dass er ganz blau im Gesichte wurde, und ihm die Tränen aus den Augen rollten. – »Ich hab doch aber gehört«, ließ sich nun das Mädchen wieder vernehmen, »der Bräutigam wäre ein großer, überaus reicher Herr.« – »Ach Gott, ja doch, ja! Konfusion, nichts als Konfusion!«, rief der Geistliche und konnte sich noch immer vor Lachen nicht zugute geben, bis er sich endlich ganz verhustete. Als er sich wieder ein wenig erholt hatte, hob er den Becher in die Höh und rief: »Das Brautpaar soll leben!« – Ich

wusste gar nicht, was ich von dem Geistlichen und seinem Gerede denken sollte, ich schämte mich aber, wegen der römischen
Geschichten, ihm hier vor allen Leuten zu sagen, dass ich selber
der verlorene glückselige Bräutigam sei.

Der Becher ging wieder fleißig in die Runde, der geistliche
Herr sprach dabei freundlich mit allen, sodass ihm bald ein jeder gut wurde, und am Ende alles fröhlich durcheinander
sprach. Auch die Studenten wurden immer redseliger und er-
zählten von ihren Fahrten im Gebirge, bis sie endlich gar ihre
Instrumente holten und lustig zu blasen anfingen. Die kühle
Wasserluft strich dabei durch die Zweige der Laube, die Abendsonne vergoldete schon die Wälder und Täler, die schnell an uns
vorüberflogen, während die Ufer von den Waldhornsklängen
widerhallten. – Und als dann der Geistliche von der Musik immer vergnügter wurde und lustige Geschichten aus seiner Jugend erzählte: wie auch er zur Vakanz über Berge und Täler
gezogen, und oft hungrig und durstig, aber immer fröhlich gewesen, und wie eigentlich das ganze Studentenleben eine große
Vakanz sei zwischen der engen düstern Schule und der ernsten
Amtsarbeit – da tranken die Studenten noch einmal herum, und
stimmten dann frisch ein Lied an, dass es weit in die Berge hineinschallte:

> Nach Süden nun sich lenken
> Die Vöglein allzumal,
> Viel' Wandrer lustig schwenken
> Die Hüt' im Morgenstrahl.
> Das sind die Herrn Studenten,
> Zum Tor hinaus es geht,
> Auf ihren Instrumenten
> Sie blasen zum Valet:
> Ade in die Läng' und Breite
> O Prag, wir ziehn in die Weite!
> Et habeat bonam pacem,
> Qui sedet post fornacem!

Nachts wir durchs Städtlein schweifen,
Die Fenster schimmern weit,
Am Fenster drehn und schleifen
Viel schön geputzte Leut.
Wir blasen vor den Türen
Und haben Durst genung,
Das kommt vom Musizieren,
Herr Wirt, einen frischen Trunk!
Und siehe über ein Kleines
Mit einer Kanne Weines
Venit ex sua domo –
Beatus ille homo!

Nun weht schon durch die Wälder
Der kalte Boreas,
Wir streichen durch die Felder,
Von Schnee und Regen nass,
Der Mantel fliegt im Winde,
Zerrissen sind die Schuh,
Da blasen wir geschwinde
Und singen noch dazu:
Beatus ille homo
Qui sedet in sua domo
Et sedet post fornacem
Et habet bonam pacem!

Ich, die Schiffer und das Mädchen, obgleich wir alle kein Latein
verstanden, stimmten jedes Mal jauchzend in den letzten Vers
mit ein, ich aber jauchzte am allervergnügtesten, denn ich sah
soeben von fern mein Zollhäuschen und bald darauf auch das
Schloss in der Abendsonne über die Bäume hervorkommen.

Zehntes Kapitel

Das Schiff stieß an das Ufer, wir sprangen schnell ans Land und verteilten uns nun nach allen Seiten im Grünen, wie Vögel, wenn das Gebauer plötzlich aufgemacht wird. Der geistliche Herr nahm eiligen Abschied und ging mit großen Schritten nach dem Schlosse zu. Die Studenten dagegen wanderten eifrig nach einem abgelegenen Gebüsch, wo sie noch geschwind ihre Mäntel ausklopfen, sich in dem vorüberfließenden Bache waschen, und einer den andern rasieren wollten. Die neue Kammerjungfer endlich ging mit ihrem Kanarienvogel und ihrem Bündel unterm Arm nach dem Wirtshause unter dem Schlossberge, um bei der Frau Wirtin, die ich ihr als eine gute Person rekommandiert hatte, ein besseres Kleid anzulegen, ehe sie sich oben im Schlosse vorstellte. Mir aber leuchtete der schöne Abend recht durchs Herz, und als sie sich nun alle verlaufen hatten, bedachte ich mich nicht lange und rannte sogleich nach dem herrschaftlichen Garten hin.

Mein Zollhaus, an dem ich vorbei musste, stand noch auf der alten Stelle, die hohen Bäume aus dem herrschaftlichen Garten rauschten noch immer darüber hin, ein Goldammer, der damals auf dem Kastanienbaume vor dem Fenster jedes Mal bei Sonnenuntergang sein Abendlied gesungen hatte, sang auch wieder, als wäre seitdem gar nichts in der Welt vorgegangen. Das Fenster im Zollhause stand offen, ich lief voller Freuden hin und steckte den Kopf in die Stube hinein. Es war niemand darin, aber die Wanduhr pickte noch immer ruhig fort, der Schreibtisch stand am Fenster, und die lange Pfeife in einem Winkel, wie damals. Ich konnte nicht widerstehen, ich sprang durch das Fenster hinein, und setzte mich an den Schreibtisch vor das große Rechenbuch hin. Da fiel der Sonnenschein durch den Kastanienbaum vor dem Fenster wieder grüngolden auf die Ziffern in dem aufgeschlagenen Buche, die Bienen summten wieder an dem offnen Fenster hin und her, der Goldammer draußen auf dem Baume sang fröhlich immerzu. – Auf einmal aber ging die Türe aus der Stube auf, und ein alter, langer Einnehmer in meinem punktierten Schlafrock trat herein! Er blieb in der Türe stehen, wie er mich so unversehens erblickte, nahm schnell die Brille von der Nase, und sah mich grimmig an. Ich aber erschrak nicht wenig darüber, sprang, ohne ein Wort zu sagen, auf, und lief aus der Haustür durch den kleinen Garten fort, wo ich mich noch bald mit den Füßen in dem fatalen Kartoffelkraut verwickelt hätte, das der alte Einnehmer nunmehr, wie ich sah, nach des Portiers Rat statt meiner Blumen angepflanzt hatte. Ich hörte noch, wie er vor die Tür herausfuhr und hinter mir drein schimpfte, aber ich saß schon oben auf der hohen Gartenmauer, und schaute mit klopfendem Herzen in den Schlossgarten hinein.

Da war ein Duften und Schimmern und Jubilieren von allen Vöglein; die Plätze und Gänge waren leer, aber die vergoldeten Wipfel neigten sich im Abendwinde vor mir, als wollten sie mich bewillkommnen, und seitwärts aus dem tiefen Grunde blitzte zuweilen die Donau zwischen den Bäumen nach mir herauf.

Auf einmal hörte ich in einiger Entfernung im Garten singen:

> Schweigt der Menschen laute Lust:
> Rauscht die Erde wie in Träumen
> Wunderbar mit allen Bäumen,
> Was dem Herzen kaum bewusst,
> Alte Zeiten, linde Trauer,
> Und es schweifen leise Schauer
> Wetterleuchtend durch die Brust.

Die Stimme und das Lied klang mir so wunderlich, und doch wieder so altbekannt, als hätte ich's irgend einmal im Traume gehört. Ich dachte lange, lange nach. – »Das ist der Herr Guido!«, rief ich endlich voller Freude, und schwang mich schnell in den Garten hinunter – es war dasselbe Lied, das er an jenem Sommerabend auf dem Balkon des italienischen Wirtshauses sang, wo ich ihn zum letzten Mal gesehn hatte.

Er sang noch immer fort, ich aber sprang über Beete und Hecken dem Liede nach. Als ich nun zwischen den letzten Rosensträuchern hervortrat, blieb ich plötzlich wie verzaubert stehen. Denn auf dem grünen Platze am Schwanenteich, recht vom Abendrot beschienen, saß die schöne gnädige Frau, in einem prächtigen Kleide und einem Kranz von weißen und roten Rosen in dem schwarzen Haar, mit niedergeschlagenen Augen auf einer Steinbank und spielte während des Liedes mit ihrer Reitgerte vor sich auf dem Rasen, grade so wie damals auf dem Kahne, da ich ihr das Lied von der schönen Frau vorsingen musste. Ihr gegenüber saß eine andre junge Dame, die hatte den weißen runden Nacken voll brauner Locken gegen mich gewendet, und sang zur Gitarre, während die Schwäne auf dem stillen Weiher langsam im Kreise herumschwammen. – Da hob die schöne Frau auf einmal die Augen, und schrie laut auf, da sie mich erblickte. Die andere Dame wandte sich rasch nach mir herum, dass ihr die Locken ins Gesicht flogen, und da sie mich recht ansah, brach sie in ein unmäßiges Lachen aus, sprang dann von der Bank und klatschte dreimal mit den Händchen. In demselben Augenblick kam eine große Menge kleiner Mädchen in blütenweißen kurzen Kleidchen mit grünen und roten Schleifen zwischen den Rosensträuchern hervorgeschlüpft, sodass ich gar nicht begreifen konnte, wo sie alle gesteckt hatten. Sie hielten eine lange Blumengirlande in den Händen, schlossen schnell einen Kreis um mich, tanzten um mich herum und sangen dabei:

> Wir bringen Dir den Jungfernkranz
> Mit veilchenblauer Seide,
> Wir führen Dich zu Lust und Tanz,
> Zu neuer Hochzeitsfreude.
> Schöner, grüner Jungfernkranz,
> Veilchenblaue Seide.

Das war aus dem Freischützen. Von den kleinen Sängerinnen erkannte ich nun auch einige wieder, es waren Mädchen aus dem Dorfe. Ich kneipte sie in die Wangen und wäre gern aus dem Kreise entwischt, aber die kleinen schnippischen Dinger ließen mich nicht heraus. – Ich wusste gar nicht, was die Geschichte eigentlich bedeuten sollte, und stand ganz verblüfft da.

Da trat plötzlich ein junger Mann in feiner Jägerkleidung aus dem Gebüsch hervor. Ich traute meinen Augen kaum – es war der fröhliche Herr Leonhard! – Die kleinen Mädchen öffneten nun den Kreis und standen auf einmal wie verzaubert, alle unbeweglich auf einem Beinchen, während sie das andere in die Luft streckten, und dabei die Blumengirlanden mit beiden Armen hoch über den Köpfen in die Höh hielten. Der Herr Leonhard aber fasste die schöne gnädige Frau, die noch immer ganz still stand und nur manchmal auf mich herüberblickte, bei der Hand, führte sie bis zu mir und sagte:

»Die Liebe – darüber sind nun alle Gelehrten einig – ist eine der couragiösesten Eigenschaften des menschlichen Herzens, die Bastionen von Rang und Stand schmettert sie mit einem Feuerblicke darnieder, die Welt ist ihr zu eng und die Ewigkeit zu kurz. Ja, sie ist eigentlich ein Poetenmantel, den jeder Phantast einmal in der kalten Welt umnimmt, um nach Arkadien auszuwandern. Und je entfernter zwei getrennte Verliebte voneinander wandern, in desto anständigern Bogen bläst der Reisewind den schillernden Mantel hinter ihnen auf, desto kühner und überraschender entwickelt sich der Faltenwurf, desto länger und länger wächst der Talar den Liebenden hinten nach, sodass ein Neutraler nicht über Land gehen kann, ohne unversehens auf ein paar solche Schleppen zu treten. O teuerster Herr Einnehmer und Bräutigam! obgleich Ihr in diesem Mantel bis an den Gestaden der Tiber dahinrauschtet, das kleine Händchen Eurer gegenwärtigen Braut hielt Euch dennoch am äußersten Ende der Schleppe fest, und wie Ihr zucktet und geigtet und rumortet, Ihr musstet zurück in den stillen Bann ihrer schönen Augen. – Und nun dann, da es so gekommen ist, ihr zwei lieben, lieben närrischen Leute! schlagt den seligen Mantel um euch, dass die ganze andere Welt rings um euch untergeht – liebt euch wie die Kaninchen und seid glücklich!«

Der Herr Leonhard war mit seinem Sermon kaum erst fertig,

so kam auch die andere junge Dame, die vorhin das Liedchen gesungen hatte, auf mich los, setzte mir schnell einen frischen Myrtenkranz auf den Kopf, und sang dazu sehr neckisch, während sie mir den Kranz in den Haaren festrückte und ihr Gesichtchen dabei dicht vor mir war:

> Darum bin ich Dir gewogen,
> Darum wird Dein Haupt geschmückt,
> Weil der Strich von Deinem Bogen
> Öfters hat mein Herz entzückt.

Dann trat sie wieder ein paar Schritte zurück. – »Kennst du die Räuber noch, die dich damals in der Nacht vom Baume schüttelten?«, sagte sie, indem sie einen Knix mir machte und mich so anmutig und fröhlich ansah, dass mir ordentlich das Herz im Leibe lachte. Darauf ging sie, ohne meine Antwort abzuwarten, rings um mich herum. »Wahrhaftig noch ganz der alte, ohne allen welschen Beischmack! aber nein, sieh doch nur einmal die dicken Taschen an!«, rief sie plötzlich zu der schönen gnädigen Frau, »Violine, Wäsche, Barbiermesser, Reisekoffer, alles durcheinander!« Sie drehte mich dabei nach allen Seiten, und konnte sich vor Lachen gar nicht zugute geben. Die schöne gnädige Frau war unterdes noch immer still, und mochte gar nicht die Augen aufschlagen vor Scham und Verwirrung. Oft kam es mir vor, als zürnte sie heimlich über das viele Gerede und Spaßen. Endlich stürzten ihr plötzlich Tränen aus den Augen, und sie verbarg ihr Gesicht an der Brust der andern Dame. Diese sah sie erst erstaunt an, und drückte sie dann herzlich an sich.

Ich aber stand ganz verdutzt da. Denn je genauer ich die fremde Dame betrachtete, desto deutlicher erkannte ich sie, es war wahrhaftig niemand anders, als – der junge Herr Maler Guido!

Ich wusste gar nicht, was ich sagen sollte, und wollte soeben näher nachfragen, als Herr Leonhard zu ihr trat und heimlich mit ihr sprach. »Weiß er denn noch nicht?«, hörte ich ihn fragen. Sie schüttelte mit dem Kopfe. Er besann sich darauf einen Augenblick. »Nein, nein«, sagte er endlich, »er muss schnell alles erfahren, sonst entsteht nur neues Geplauder und Gewirre.«

»Herr Einnehmer«, wandte er sich nun zu mir, »wir haben jetzt nicht viel Zeit, aber tue mir den Gefallen und wundere dich hier in aller Geschwindigkeit aus, damit du nicht hinterher durch Fragen, Erstaunen und Kopfschütteln unter den Leuten alte Geschichten aufrührst, und neue Erdichtungen und Vermutungen ausschüttelst.« – Er zog mich bei diesen Worten tiefer in das Gebüsch hinein, während das Fräulein mit der, von der schönen gnädigen Frau weggelegten Reitgerte in der Luft focht und alle ihre Locken tief in das Gesichtchen schüttelte, durch die ich aber doch sehen konnte, dass sie bis an die Stirn rot wurde. –

»Nun denn«, sagte Herr Leonhard, »Fräulein Flora, die hier soeben tun will, als hörte und wüsste sie von der ganzen Geschichte nichts, hatte in aller Geschwindigkeit ihr Herzchen mit jemandem vertauscht. Darüber kommt ein andrer und bringt ihr mit Prologen, Trompeten und Pauken wiederum sein Herz dar und will ihr Herz dagegen. Ihr Herz ist aber schon bei jemand, und jemands Herz bei ihr, und der jemand will sein Herz nicht wiederhaben, und ihr Herz nicht wieder zurückgeben. Alle Welt schreit – aber du hast wohl noch keinen Roman gelesen?« – Ich verneinte es. – »Nun, so hast du doch einen mitgespielt. Kurz: das war eine solche Konfusion mit den Herzen, dass der jemand – das heißt ich – mich zuletzt selbst ins Mittel legen musste. Ich schwang mich bei lauer Sommernacht auf mein Ross, hob das Fräulein als Maler Guido auf das andere und so ging es fort nach Süden, um sie in einem meiner einsamen Schlösser in Italien zu verbergen, bis das Geschrei wegen der Herzen vorüber wäre. Unterweges aber kam man uns auf die Spur, und von dem Balkon des welschen Wirtshauses, vor dem du so vortrefflich Wache schliefst, erblickte Flora plötzlich unsere Verfolger.« – »Also der bucklichte Signor?« – »War ein Spion. Wir zogen uns daher heimlich in die Wälder, und ließen dich auf dem vorbestellten Postkurse allein fortfahren. Das täuschte unsere Verfolger, und zum Überfluss auch noch meine

Leute auf dem Bergschlosse, welche die verkleidete Flora stündlich erwarteten, und mit mehr Diensteifer als Scharfsinn dich für das Fräulein hielten. Selbst hier auf dem Schlosse glaubte man, dass Flora auf dem Felsen wohne, man erkundigte sich, man schrieb an sie – hast du nicht ein Briefchen erhalten?« – Bei diesen Worten fuhr ich blitzschnell mit dem Zettel aus der Tasche. – »Also dieser Brief?« – »Ist an mich«, sagte Fräulein Flora, die bisher auf unsre Rede gar nicht Acht zu geben schien, riss mir den Zettel rasch aus der Hand, überlas ihn und steckte ihn dann in den Busen. – »Und nun«, sagte Herr Leonhard, »müssen wir schnell in das Schloss, da wartet schon alles auf uns. Also zum Schluss, wie sich's von selbst versteht und einem wohlerzognen Romane gebührt: Entdeckung, Reue, Versöhnung, wir sind alle wieder lustig beisammen, und übermorgen ist Hochzeit!«

Da er noch so sprach, erhob sich plötzlich in dem Gebüsch ein rasender Spektakel von Pauken und Trompeten, Hörnern und Posaunen; Böller wurden dazwischen gelöst und Vivat gerufen, die kleinen Mädchen tanzten von neuem, und aus allen Sträuchern kam ein Kopf über dem andern hervor, als wenn sie aus der Erde wüchsen. Ich sprang in dem Geschwirre und Geschleife ellenhoch von einer Seite zur andern, da es aber schon dunkel wurde, erkannte ich erst nach und nach alle die alten Gesichter wieder. Der alte Gärtner schlug die Pauken, die Prager Studenten in ihren Mänteln musizierten mitten darunter, neben ihnen fingerte der Portier wie toll auf seinem Fagott. Wie ich den so unverhofft erblickte, lief ich sogleich auf ihn zu, und embrassierte ihn heftig. Darüber kam er ganz aus dem Konzept. »Nun wahrhaftig und wenn der bis ans Ende der Welt reist, er ist und bleibt ein Narr!«, rief er den Studenten zu, und blies ganz wütend weiter.

Unterdes war die schöne gnädige Frau vor dem Rumor heimlich entsprungen, und flog wie ein aufgescheuchtes Reh über den Rasen tiefer in den Garten hinein. Ich sah es noch zur rechten Zeit und lief ihr eiligst nach. Die Musikanten merkten in ihrem Eifer nichts davon, sie meinten nachher: wir wären schon nach dem Schlosse aufgebrochen, und die ganze Bande setzte sich nun mit Musik und großem Getümmel gleichfalls dorthin auf den Marsch.

Wir aber waren fast zu gleicher Zeit in einem Sommerhause angekommen, das am Abhange des Gartens stand, mit dem offnen Fenster nach dem weiten tiefen Tale zu. Die Sonne war schon lange untergegangen hinter den Bergen, es schimmerte nur noch wie ein rötlicher Duft über dem warmen, verschallenden Abend, aus dem die Donau immer vernehmlicher heraufrauschte, je stiller es ringsum wurde. Ich sah unverwandt die schöne Gräfin an, die ganz erhitzt vom Laufen dicht vor mir stand, sodass ich ordentlich hören konnte, wie ihr das Herz schlug. Ich wusste nun aber gar nicht, was ich sprechen sollte vor Respekt, da ich auf einmal so allein mit ihr war. Endlich fasste ich ein Herz, nahm ihr kleines weißes Händchen – da zog sie mich schnell an sich und fiel mir um den Hals, und ich umschlang sie fest mit beiden Armen.

Sie machte sich aber geschwind wieder los und legte sich ganz verwirrt in das Fenster, um ihre glühenden Wangen in der Abendluft abzukühlen. – »Ach«, rief ich, »mir ist mein Herz recht zum Zerspringen, aber ich kann mir noch alles nicht recht denken, es ist mir alles noch wie ein Traum!« – »Mir auch«, sagte die schöne gnädige Frau. »Als ich vergangenen Sommer«, setzte sie nach einer Weile hinzu, »mit der Gräfin aus Rom kam, und wir das Fräulein Flora glücklich gefunden hatten, und mit zurückbrachten, von dir aber dort und hier nichts hörten – da dacht ich nicht, dass alles noch so kommen würde! Erst heut zu Mittag sprengte der Jockei, der gute flinke Bursch, atemlos auf den Hof und brachte die Nachricht, dass du mit dem Postschiffe kämst.« – Dann lachte sie still in sich hinein. »Weißt du noch«, sagte sie, »wie du mich damals auf dem Balkon zum letzten Mal sahst? das war grade wie heute, auch so ein stiller Abend, und Musik im Garten.« – »Wer ist denn eigentlich gestorben?«, frug ich hastig. – »Wer denn?«, sagte die schöne Frau und sah mich erstaunt an. – »Der Herr Gemahl von Ew. Gnaden«, erwiderte ich, »der damals mit auf dem Balkon stand.« – Sie wurde ganz rot. »Was hast du auch für Seltsamkeiten im Kopfe!«, rief sie aus, »das war ja der Sohn von der Gräfin, der eben von Reisen zurückkam, und es traf grade auch mein Geburtstag, da führte er mich mit auf den Balkon hinaus, damit ich auch ein Vivat bekäme. – Aber deshalb bist du wohl damals von hier fortgelaufen?« – »Ach Gott, freilich!«, rief ich aus, und schlug mich mit der Hand vor die Stirn. Sie aber schüttelte mit dem Köpfchen und lachte recht herzlich.

Mir war so wohl, wie sie so fröhlich und vertraulich neben mir plauderte, ich hätte bis zum Morgen zuhören mögen. Ich war so recht seelenvergnügt, und langte eine Hand voll Knackmandeln aus der Tasche, die ich noch aus Italien mitgebracht hatte. Sie nahm auch davon, und wir knackten nun und sahen zufrieden in die stille Gegend hinaus. – »Siehst du«, sagte sie nach einem Weilchen wieder, »das weiße Schlösschen, das da drüben im Mondschein glänzt, das hat uns der Graf geschenkt, samt dem Garten und den Weinbergen, da werden wir wohnen. Er wusst es schon lange, dass wir einander gut sind, und ist dir sehr gewogen, denn hätt er dich nicht mitgehabt, als er das Fräulein aus der Pensionsanstalt entführte, so wären sie beide erwischt worden, ehe sie sich vorher noch mit der Gräfin versöhnten, und alles wäre anders gekommen.« – »Mein Gott, schönste, gnädigste Gräfin«, rief ich aus, »ich weiß gar nicht mehr, wo mir der Kopf steht vor lauter unverhofften Neuigkeiten; also der Herr Leonhard?« – »Ja, ja«, fiel sie mir in die Rede, »so nannte er sich in Italien; dem gehören die Herrschaften da drüben, und er heiratet nun unserer Gräfin Tochter, die schöne Flora. – Aber was nennst du mich denn Gräfin?« – Ich sah sie groß an. – »Ich bin ja gar keine Gräfin«, fuhr sie fort, »unsere gnädige Gräfin hat mich nur zu sich aufs Schloss genommen, da mich mein Onkel, der Portier, als kleines Kind und arme Waise mit hierher brachte.«

Nun war's mir doch nicht anders, als wenn mir ein Stein vom Herzen fiele! »Gott segne den Portier«, versetzte ich ganz entzückt, »dass er unser Onkel ist! ich habe immer große Stücke auf ihn gehalten.« – »Er meint es auch gut mit dir«, erwiderte sie,

»wenn du dich nur etwas vornehmer hieltest, sagt er immer. Du musst dich jetzt auch eleganter kleiden.« – »O«, rief ich voller Freuden, »englischen Frack, Strohhut und Pumphosen und Sporen! und gleich nach der Trauung reisen wir fort nach Italien, nach Rom, da gehn die schönen Wasserkünste, und nehmen die Prager Studenten mit und den Portier!« – Sie lächelte still und sah mich recht vergnügt und freundlich an, und von fern schallte immerfort die Musik herüber, und Leuchtkugeln flogen vom Schloss durch die stille Nacht über die Gärten, und die Donau rauschte dazwischen herauf – und es war alles, alles gut!

DAS MARMORBILD

Es war ein schöner Sommerabend, als Florio, ein junger Edelmann, langsam auf die Tore von Lucca zuritt, sich erfreuend an dem feinen Dufte, der über der wunderschönen Landschaft und den Türmen und Dächern der Stadt vor ihm zitterte, so wie an den bunten Zügen zierlicher Damen und Herren, welche sich zu beiden Seiten der Straße unter den hohen Kastanien-Alleen fröhlichschwärmend ergingen.

Da gesellte sich, auf zierlichem Zelter desselben Weges ziehend, ein anderer Reiter in bunter Tracht, eine goldene Kette um den Hals und ein samtnes Barett mit Federn über den dunkelbraunen Locken, freundlich grüßend zu ihm. Beide hatten, so nebeneinander in den dunkelnden Abend hineinreitend, gar bald ein Gespräch angeknüpft, und dem jungen Florio dünkte die schlanke Gestalt des Fremden, sein frisches keckes Wesen, ja selbst seine fröhliche Stimme so überaus anmutig, dass er gar nicht von demselben wegsehen konnte.

»Welches Geschäft führt Euch nach Lucca?«, fragte endlich der Fremde. »Ich habe eigentlich gar keine Geschäfte«, antwortete Florio ein wenig schüchtern. »Gar keine Geschäfte? – Nun, so seid Ihr sicherlich ein Poet!«, versetzte jener lustig lachend. »Das wohl eben nicht«, erwiderte Florio und wurde über und über rot. »Ich habe mich wohl zuweilen in der fröhlichen Sangeskunst versucht, aber wenn ich dann wieder die alten großen Meister las, wie da alles wirklich da ist und leibt und lebt, was ich mir manchmal heimlich nur wünschte und ahnete, da komm ich mir vor wie ein schwaches, vom Winde verwehtes Lerchenstimmlein unter dem unermesslichen Himmelsdom.« – »Jeder lobt Gott auf seine Weise«, sagte der Fremde, »und alle Stimmen zusammen machen den Frühling.« Dabei ruhten seine großen geistreichen Augen mit sichtbarem Wohlgefallen auf dem schönen Jünglinge, der so unschuldig in die dämmernde Welt vor sich hinaussah.

»Ich habe jetzt«, fuhr dieser nun kühner und vertraulicher fort, »das Reisen erwählt, und befinde mich wie aus einem Gefängnis erlöst, alle alten Wünsche und Freuden sind nun auf einmal in Freiheit gesetzt. Auf dem Lande in der Stille aufgewachsen, wie lange habe ich da die fernen blauen Berge sehnsüchtig betrachtet, wenn der Frühling wie ein zauberischer Spielmann durch unsern Garten ging und von der wunderschönen Ferne verlockend sang und von großer unermesslicher Lust.« – Der Fremde war über den letzten Worten in tiefe Gedanken versunken. »Habt Ihr wohl jemals«, sagte er zerstreut, aber sehr ernsthaft, »von dem wunderbaren Spielmann gehört, der durch seine Töne die Jugend in einen Zauberberg hinein verlockt, aus dem keiner wieder zurückgekehrt ist? Hütet Euch!« –

Florio wusste nicht, was er aus diesen Worten des Fremden machen sollte, konnte ihn auch weiter darum nicht befragen; denn sie waren soeben, statt zu dem Tore, unvermerkt dem Zuge der Spaziergänger folgend, an einen weiten grünen Platz gekommen, auf dem sich ein fröhlichschallendes Reich von Musik, bunten Zelten, Reitern und Spazierengehenden in den letzten Abendgluten schimmernd hin und her bewegte.

»Hier ist gut wohnen«, sagte der Fremde lustig, sich vom Zelter schwingend; »auf baldiges Wiedersehn!«, und hiermit war er schnell in dem Gewühle verschwunden.

Florio stand vor freudigem Erstaunen einen Augenblick still vor der unerwarteten Aussicht. Dann folgte auch er dem Beispiele seines Begleiters, übergab das Pferd seinem Diener und mischte sich in den muntern Schwarm.

Versteckte Musikchöre erschallten da von allen Seiten aus den blühenden Gebüschen, unter den hohen Bäumen wandelten sittige Frauen auf und nieder und ließen die schönen Augen musternd ergehen über die glänzende Wiese, lachend und plaudernd und mit den bunten Federn nickend im lauen Abendgolde wie ein Blumenbeet, das sich im Winde wiegt. Weiterhin auf einem heitergrünen Plan vergnügten sich mehrere Mädchen mit Ballspielen. Die buntgefiederten Bälle flatterten wie Schmetterlinge, glänzende Bogen hin und her beschreibend, durch die blaue Luft, während die unten im Grünen auf- und niederschwebenden Mädchenbilder den lieblichsten Anblick gewährten. Besonders zog die eine durch ihre zierliche, fast noch kindliche Gestalt und die Anmut aller ihrer Bewegungen Florios Augen auf sich. Sie hatte einen vollen, bunten Blumenkranz in den Haaren und war recht wie ein fröhliches Bild des Frühlings anzuschauen, wie sie so überaus frisch bald über den Rasen dahinflog, bald sich neigte, bald wieder mit ihren anmutigen Gliedern in die heitere Luft hinauflangte. – Durch ein Versehen ihrer Gegnerin nahm ihr Federball eine falsche Richtung und flatterte gerade vor Florio nieder. Er hob ihn auf und überreichte ihn der nacheilenden Bekränzten. Sie stand fast wie erschrocken vor ihm und sah ihn schweigend aus den schönen großen Augen an. Dann verneigte sie sich errötend und eilte schnell wieder zu ihren Gespielinnen zurück.

Der größere funkelnde Strom von Wagen und Reitern, der sich in der Haupt-Allee langsam und prächtig fortbewegte, wendete indes auch Florion von jenem reizenden Spiele wieder ab, und er schweifte wohl eine Stunde lang allein zwischen den ewigwechselnden Bildern umher.

»Da ist der Sänger Fortunato!«, hörte er da auf einmal mehrere Frauen und Ritter neben sich ausrufen. Er sah sich schnell nach dem Platze um, wohin sie wiesen, und erblickte zu seinem großen Erstaunen den anmutigen Fremden, der ihn vorhin hierher begleitet. Abseits auf der Wiese an einen Baum gelehnt, stand er soeben inmitten eines zierlichen Kranzes von Frauen und Rittern, welche seinem Gesange zuhörten, der zuweilen von einigen Stimmen aus dem Kreise holdselig erwidert wurde. Unter ihnen bemerkte Florio auch die schöne Ballspielerin wieder, die in stiller Freudigkeit mit weiten offenen Augen in die Klänge vor sich hinaussah.

Ordentlich erschrocken gedachte da Florio, wie er vorhin mit dem berühmten Sänger, den er lange dem Rufe nach verehrte, so vertraulich geplaudert, und blieb scheu in einiger Entfernung stehen, um den lieblichen Wettstreit mit zu vernehmen. Er hätte gern die ganze Nacht hindurch dort gestanden, so ermutigend flogen diese Töne ihn an, und er ärgerte sich recht, als Fortunato nun so bald endigte, und die ganze Gesellschaft sich von dem Rasen erhob.

Da gewahrte der Sänger den Jüngling in der Ferne und kam sogleich auf ihn zu. Freundlich fasste er ihn bei beiden Händen und führte den Blöden, ungeachtet aller Gegenreden, wie einen lieblichen Gefangenen nach dem nahgelegenen offenen Zelte, wo sich die Gesellschaft nun versammelte und ein fröhliches Nachtmahl bereitet hatte. Alle begrüßten ihn wie alte Bekannte, manche schöne Augen ruhten in freudigem Erstaunen auf der jungen blühenden Gestalt.

Nach mancherlei lustigem Gespräch lagerten sich bald alle um den runden Tisch, der in der Mitte des Zeltes stand. Erquickliche Früchte und Wein in hellgeschliffenen Gläsern funkelten von dem blendendweißen Gedeck, in silbernen Gefäßen dufteten große Blumensträuße, zwischen denen die hübschen Mädchengesichter anmutig hervorsahen; draußen spielten die letzten Abendlichter golden auf dem Rasen und dem Flusse, der spiegelglatt vor dem Zelte dahinglitt. Florio hatte sich fast unwillkürlich zu der niedlichen Ballspielerin gesellt. Sie erkannte ihn sogleich wieder und saß still und schüchtern da, aber die langen furchtsamen Augenwimper hüteten nur schlecht die tiefen dunkelglühenden Blicke.

Es war ausgemacht worden, dass jeder in die Runde seinem Liebchen mit einem kleinen improvisierten Liedchen zutrinken solle. Der leichte Gesang, der nur gaukelnd wie ein Frühlingswind die Oberfläche des Lebens berührte, ohne es in sich selbst zu versenken, bewegte fröhlich den Kranz heiterer Bilder um die Tafel. Florio war recht innerlichst vergnügt, alle blöde Bangigkeit war von seiner Seele genommen, und er sah fast träumerischstill vor fröhlichen Gedanken zwischen den Lichtern und Blumen in die wunderschöne, langsam in die Abendgluten versinkende Landschaft vor sich hinaus. Und als nun auch an ihn die Reihe kam, seinen Trinkspruch zu sagen, hob er sein Glas in die Höh' und sang:

> Jeder nennet froh die Seine,
> Ich nur stehe hier alleine,
> Denn was früge wohl die Eine:
> Wen der Fremdling eben meine?
> Und so muss ich wie im Strome dort die Welle
> Ungehört verrauschen an des Frühlings Schwelle.

Seine schöne Nachbarin sah bei diesen Worten beinah schelmisch an ihm herauf und senkte schnell wieder das Köpfchen, da sie seinem Blicke begegnete. Aber er hatte so herzlich bewegt gesungen und neigte sich nun mit den schönen bittenden Augen so dringend herüber, dass sie es willig geschehen ließ, als er sie schnell auf die roten heißen Lippen küsste. – »Bravo, Bravo!«, riefen mehrere Herren, ein mutwilliges, aber argloses Lachen erschallte um den Tisch. – Florio stürzte hastig und verwirrt sein Glas hinunter, die schöne Geküsste schauete hochrot in den Schoß und sah so unter dem vollen Blumenkranze unbeschreiblich reizend aus.

So hatte ein jeder der Glücklichen sein Liebchen in dem Kreise sich heiter erkoren. Nur Fortunato allein gehörte allen, oder keiner an und erschien fast einsam in dieser anmutigen Verwirrung. Er war ausgelassen lustig und mancher hätte ihn wohl übermütig genannt, wie er so wildwechselnd in Witz, Ernst und Scherz sich ganz und gar losließ, hätte er dabei nicht wieder mit so frommklaren Augen beinah wunderbar dreingeschaut. Florio hatte sich fest vorgenommen, ihm über Tische einmal so recht seine Liebe und Ehrfurcht, die er längst für ihn hegte, zu sagen. Aber es wollte heute nicht gelingen, alle leisen Versuche glitten an der spröden Lustigkeit des Sängers ab. Er konnte ihn gar nicht begreifen. –

Draußen war indes die Gegend schon stiller geworden und feierlich, einzelne Sterne traten zwischen den Wipfeln der dunkelnden Bäume hervor, der Fluss rauschte stärker durch die er-

quickende Kühle. Da war auch zuletzt an Fortunato die Reihe
zu singen gekommen. Er sprang rasch auf, griff in seine Gitarre
und sang:

> Was klingt mir so heiter
> Durch Busen und Sinn?
> Zu Wolken und weiter
> Wo trägt es mich hin?
>
> Wie auf Bergen hoch bin ich
> So einsam gestellt
> Und grüße herzinnig,
> Was schön auf der Welt.
>
> Ja, Bachus, dich seh ich,
> Wie göttlich bist du!
> Dein Glühen versteh ich,
> Die träumende Ruh.
>
> O rosenbekränztes
> Jünglingesbild,
> Dein Auge, wie glänzt es,
> Die Flammen so mild!
>
> Ist's Liebe, ist's Andacht,
> Was so dich beglückt?
> Rings Frühling dich anlacht,
> Du sinnest entzückt. –
>
> Frau Venus, du Frohe,
> So klingend und weich,
> In Morgenrots Lohe
> Erblick ich dein Reich
>
> Auf sonnigen Hügeln
> Wie ein Zauberring. –
> Zart' Bübchen mit Flügeln
> Bedienen dich flink,

116

Durchsäuseln die Räume
Und laden, was fein,
Als goldene Träume
Zur Königin ein.

Und Ritter und Frauen
Im grünen Revier
Durchschwärmen die Auen
Wie Blumen zur Zier.

Und jeglicher hegt sich
Sein Liebchen im Arm,
So wirrt und bewegt sich
Der selige Schwarm. –

Hier änderte er plötzlich Weise und Ton und fuhr fort:

Die Klänge verrinnen,
Es bleichet das Grün,
Die Frauen stehn sinnend,
Die Ritter schaun kühn.

Und himmlisches Sehnen
Geht singend durchs Blau,
Da schimmert von Tränen
Rings Garten und Au. –

Und mitten im Feste
Erblick ich, wie mild!
Den Stillsten der Gäste. –
Woher, einsam Bild?

Mit blühendem Mohne,
Der träumerisch glänzt,
Und Lilienkronen
Erscheint er bekränzt.

Sein Mund schwillt zum Küssen
So lieblich und bleich,
Als brächt' er ein Grüßen
Aus himmlischem Reich.

Eine Fackel wohl trägt er,
Die wunderbar prangt.
»Wo ist einer«, frägt er,
»Dem heimwärts verlangt?«

Und manchmal da drehet
Die Fackel er um –
Tiefschauernd vergehet
Die Welt und wird stumm.

Und was hier versunken
Als Blumen zum Spiel,
Siehst oben du funkeln
Als Sterne nun kühl. –

O Jüngling vom Himmel,
Wie bist du so schön!
Ich lass das Gewimmel,
Mit dir will ich gehn!

Was will ich noch hoffen?
Hinauf, ach hinauf!
Der Himmel ist offen,
Nimm, Vater, mich auf!

Fortunato war still und alle die Übrigen auch, denn wirklich
draußen waren nun die Klänge verronnen und die Musik, das
Gewimmel und alle die gaukelnde Zauberei nach und nach verhallend untergegangen vor dem unermesslichen Sternenhimmel
und dem gewaltigern Nachtgesange der Ströme und Wälder. Da
trat ein hoher schlanker Ritter in reichem Geschmeide, das grün-
lichgoldene Scheine zwischen die im Winde flackernden Lichter
warf, in das Zelt herein. Sein Blick aus tiefen Augenhöhlen war

irre flammend, das Gesicht schön aber blass und wüst. Alle dachten bei seinem plötzlichen Erscheinen unwillkürlich schaudernd an den stillen Gast in Fortunatos Liede. – Er aber begab sich nach einer flüchtigen Verbeugung gegen die Gesellschaft zu dem Buffet des Zeltwirtes und schlürfte hastig dunkelroten Wein mit den bleichen feinen Lippen in langen Zügen hinunter.

Florio fuhr ordentlich zusammen, als der Seltsame sich darauf vor allen andern zu ihm wandte und ihn als einen früheren Bekannten in Lucca willkommen hieß. Erstaunt und nachsinnend betrachtete er ihn von oben bis unten, denn er wusste sich durchaus nicht zu erinnern, ihn jemals gesehen zu haben. Doch war der Ritter ausnehmend beredt und sprach viel über mancherlei Begebenheiten aus Florios früheren Tagen. Auch war er so genau bekannt mit der Gegend seiner Heimat, dem Garten und jedem heimischen Platz, der Florion herzlich lieb war aus alter Zeit, dass sich derselbe bald mit der dunkeln Gestalt auszusöhnen anfing.

In die übrige Gesellschaft indes schien Donati, so nannte sich der Ritter, nirgends hineinzupassen. Eine ängstliche Störung, deren Grund sich niemand anzugeben wusste, wurde überall sichtbar. Und da unterdes auch die Nacht nun völlig hereingekommen war, so brachen bald alle auf.

Es begann nun ein wunderliches Gewimmel von Wagen, Pferden, Dienern und hohen Windlichtern, die seltsame Scheine auf das nahe Wasser, zwischen die Bäume und die schönen wirrenden Gestalten umherwarfen. Donati erschien in der wilden Beleuchtung noch viel bleicher und schauerlicher als vorher. Das schöne Fräulein mit dem Blumenkranze hatte ihn beständig mit heimlicher Furcht von der Seite angesehen. Nun, da er gar auf sie loskam, um ihr mit ritterlicher Artigkeit auf den Zelter zu helfen, drängte sie sich scheu an den zurückstehenden Florio, der die Liebliche mit klopfendem Herzen in den Sattel hob. Alles war unterdes reisefertig, sie nickte ihm noch einmal von ihrem zierlichen Sitze freundlich zu, und bald war die ganze schimmernde Erscheinung in der Nacht verschwunden.

Es war Florion recht sonderbar zumute, als er sich plötzlich so allein mit Donati und dem Sänger auf dem weiten, leeren Platze befand. Seine Gitarre im Arm ging der Letztere am Ufer des Flusses vor dem Zelte auf und nieder und schien auf neue Weisen zu sinnen, während er einzelne Töne griff, die beschwichtigend über die stille Wiese dahinzogen. Dann brach er plötzlich ab. Ein seltsamer Missmut schien über seine sonst immer klaren Züge zu fliegen, er verlangte ungeduldig fort.

Alle drei bestiegen daher nun auch ihre Pferde und zogen miteinander der nahen Stadt zu. Fortunato sprach kein Wort unterweges, desto freundlicher ergoss sich Donati in wohlgesetzten zierlichen Reden; Florio, noch im Nachklange der Lust, ritt still wie ein träumendes Mädchen zwischen beiden.

Als sie ans Tor kamen, stellte sich Donatis Ross, das schon vorher vor manchem Vorübergehenden gescheuet, plötzlich fast gerade in die Höh und wollte nicht hinein. Ein funkelnder Zornesblitz fuhr, fast verzerrend, über das Gesicht des Reiters und ein wilder, nur halbausgesprochener Fluch aus den zuckenden Lippen, worüber Florio nicht wenig erstaunte, da ihm solches Wesen zu der sonstigen feinen und besonnenen Anständigkeit des Ritters ganz und gar nicht zu passen schien. Doch fasste sich dieser bald wieder. »Ich wollte Euch bis in die Herberg begleiten«, sagte er lächelnd und mit der gewohnten Zierlichkeit, zu Florio gewendet, »aber mein Pferd will es anders, wie Ihr seht. Ich bewohne hier vor der Stadt ein Landhaus, wo ich Euch recht bald bei mir zu sehen hoffe.« – Und hiermit verneigte er sich, und das Pferd, in unbegreiflicher Hast und Angst kaum mehr zu halten, flog pfeilschnell mit ihm in die Dunkelheit fort, dass der Wind hinter ihm dreinpfiff.

»Gott sei Dank«, rief Fortunato aus, »dass ihn die Nacht wieder verschlungen hat! Kam er mir doch wahrhaftig vor wie einer von den falben ungestalten Nachtschmetterlingen, die, wie aus einem phantastischen Traume entflogen, durch die Dämmerung schwirren und mit ihrem langen Katzenbarte und grässlich großen Augen ordentlich ein Gesicht haben wollen.« Florio, der sich mit Donati schon ziemlich befreundet hatte, äußerte seine Verwunderung über dieses harte Urteil. Aber der Sänger, durch solche erstaunliche Sanftmut nur immer mehr gereizt, schimpfte lustig fort und nannte den Ritter, zu Florios heimlichen Ärger, einen Mondscheinjäger, einen Schmachthahn, einen Renommisten in der Melancholie.

Unter solcherlei Gesprächen waren sie endlich bei der Herberge angelangt, und jeder begab sich bald in das ihm angewiesene Gemach.

Florio warf sich angekleidet auf das Ruhebett hin, aber er konnte lange nicht schlafen. In seiner von den Bildern des Tages aufgeregten Seele wogte und hallte und sang es noch immer fort. Und wie die Türen im Hause nun immer seltner auf- und zugingen, nur manchmal noch eine Stimme erschallte, bis endlich Haus, Stadt und Feld in tiefe Stille versank: Da war es ihm, als führe er mit schwanenweißen Segeln einsam auf einem mondbeglänzten Meer. Leise schlugen die Wellen an das Schiff, Sirenen tauchten aus dem Wasser, die alle aussahen wie das schöne Mädchen mit dem Blumenkranze vom vorigen Abend. Sie sang so wunderbar, traurig und ohne Ende, als müsse er vor Wehmut untergehen. Das Schiff neigte sich unmerklich und sank langsam immer tiefer und tiefer – da wachte er erschrocken auf.

Er sprang von seinem Bett und öffnete das Fenster. Das Haus lag am Ausgange der Stadt, er übersah einen weiten stillen Kreis von Hügeln, Gärten und Tälern, vom Monde klar beschienen. Auch da draußen war es überall in den Bäumen und Strömen noch wie im Verhallen und Nachhallen der vergangenen Lust, als sänge die ganze Gegend leise, gleich den Sirenen, die er im Schlummer gehört. Da konnte er der Versuchung nicht widerstehen. Er ergriff die Gitarre, die Fortunato bei ihm zurückgelassen, verließ das Zimmer und ging leise durch das ruhige Haus hinab. Die Türe unten war nur angelehnt, ein Diener lag eingeschlafen auf der Schwelle. So kam er unbemerkt ins Freie und wandelte fröhlich zwischen Weingärten durch leere Alleen an schlummernden Hütten vorüber immer weiter fort.

121

Zwischen den Rebengeländern hinaus sah er den Fluss im Tale; viele weißglänzende Schlösser, hin und wieder zerstreut, ruhten wie eingeschlafene Schwäne unten in dem Meer von Stille. Da sang er mit fröhlicher Stimme:

Wie kühl schweift's sich bei nächt'ger Stunde
Die Zither treulich in der Hand!
Vom Hügel grüß ich in die Runde
Den Himmel und das stille Land.

Wie ist da alles so verwandelt,
Wo ich so fröhlich war, im Tal,
Im Wald wie still! der Mond nur wandelt
Nun durch den hohen Buchensaal.

Der Winzer Jauchzen ist verklungen
Und all der bunte Lebenslauf,
Die Ströme nur, im Tal geschlungen,
Sie blicken manchmal silbern auf.

Und Nachtigallen wie aus Träumen
Erwachen oft mit süßem Schall,
Erinnernd rühren sich die Bäume,
Ein heimlich Flüstern überall. –

Die Freude kann nicht gleich verklingen,
Und von des Tages Glanz und Lust
Ist so auch mir ein heimlich Singen
Geblieben in der tiefsten Brust.

Und fröhlich greif ich in die Saiten,
O Mädchen, jenseits überm Fluss,
Du lauschest wohl und hörst's von weitem
Und kennst den Sänger an dem Gruß!

Er musste über sich selber lachen, da er am Ende nicht wusste, wem er das Ständchen brachte. Denn die reizende Kleine mit dem Blumenkranze war es lange nicht mehr, die er eigentlich meinte. Die Musik bei den Zelten, der Traum auf seinem Zimmer, und sein die Klänge und den Traum und die zierliche Erscheinung des Mädchens nachträumendes Herz hatte ihr Bild unmerklich und wundersam verwandelt in ein viel schöneres, größeres und herrliches, wie er es noch nirgend gesehen.

So in Gedanken schritt er noch lange fort, als er unerwartet bei einem großen, von hohen Bäumen rings umgebenen Weiher anlangte. Der Mond, der eben über die Wipfel trat, beleuchtete scharf ein marmornes Venusbild, das dort dicht am Ufer auf einem Steine stand, als wäre die Göttin soeben erst aus den Wellen aufgetaucht und betrachte nun, selber verzaubert, das Bild der eigenen Schönheit, das der trunkene Wasserspiegel zwischen den leise aus dem Grunde aufblühenden Sternen widerstrahlte. Einige Schwäne beschrieben still ihre einförmigen Kreise um das Bild, ein leises Rauschen ging durch die Bäume rings umher.

Florio stand wie eingewurzelt im Schauen, denn ihm kam jenes Bild wie eine lang gesuchte, nun plötzlich erkannte Geliebte vor, wie eine Wunderblume, aus der Frühlingsdämmerung und träumerischen Stille seiner frühesten Jugend heraufgewachsen. Je länger er hinsah, je mehr schien es ihm, als schlüge es die seelenvollen Augen langsam auf, als wollten sich die Lippen bewegen zum Gruße, als blühe Leben wie ein lieblicher Gesang erwärmend durch die schönen Glieder herauf. Er hielt die Augen lange geschlossen vor Blendung, Wehmut und Entzücken. –

Als er wieder aufblickte, schien auf einmal alles wie verwandelt. Der Mond sah seltsam zwischen Wolken hervor, ein stärkerer Wind kräuselte den Weiher in trübe Wellen, das Venusbild, so fürchterlich weiß und regungslos, sah ihn fast schreckhaft mit den steinernen Augenhöhlen aus der grenzenlosen Stille an. Ein nie gefühltes Grausen überfiel da den Jüngling. Er verließ schnell den Ort, und immer schneller und ohne auszuruhen, eilte er durch die Gärten und Weinberge wieder fort der ruhigen Stadt zu; denn auch das Rauschen der Bäume kam ihm nun wie ein verständiges vernehmliches Geflüster vor, und die langen gespenstischen Pappeln schienen mit ihren weitgestreckten Schatten hinter ihm dreinzulangen.

So kam er sichtbar verstört an der Herberge an. Da lag der Schlafende noch auf der Schwelle und fuhr erschrocken auf, als Florio an ihm vorüberstreifte. Florio aber schlug schnell die Türe hinter sich zu und atmete erst tief auf, als er oben sein Zimmer betrat. – Hier ging er noch lange auf und nieder, ehe er sich beruhigte. Dann warf er sich aufs Bett und schlummerte endlich unter den seltsamsten Träumen ein.

———————

Am folgenden Morgen saßen Florio und Fortunato unter den hohen von der Morgensonne durchfunkelten Bäumen vor der Herberge miteinander beim Frühstück. Florio sah blässer als gewöhnlich, und angenehm überwacht aus. – »Der Morgen«, sagte Fortunato lustig, »ist ein recht kerngesunder, wildschöner Gesell, wie er so von den höchsten Bergen in die schlafende Welt hinunterjauchzt und von den Blumen und Bäumen die Tränen schüttelt und wogt und lärmt und singt. Der macht eben nicht sonderlich viel aus den sanften Empfindungen, sondern greift kühl an alle Glieder und lacht einem ins lange Gesicht, wenn man so presshaft und noch ganz wie in Mondschein getaucht, vor ihn hinaustritt.« – Florio schämte sich nun, dem Sänger, wie er sich anfangs vorgenommen, etwas von dem schönen Venusbilde zu sagen, und schwieg betreten still. Sein Spaziergang in der Nacht war aber von dem Diener an der Haustür bemerkt und wahrscheinlich verraten worden, und Fortunato fuhr lachend fort: »Nun, wenn Ihr's nicht glaubt, versucht es nur einmal, stellt Euch jetzt hierher und sagt zum Exempel: ›O schöne, holde Seele, o Mondschein, du Blütenstaub zärtlicher Herzen usw.‹, ob das nicht recht zum Lachen wäre! Und doch, wette ich, habt Ihr diese Nacht dergleichen oft gesagt und gewiss ordentlich ernsthaft dabei ausgesehen.« –

Florio hatte sich Fortunaton ehedem immer so still und sanftmütig vorgestellt, nun verwundete ihn recht innerlichst die kecke Lustigkeit des geliebten Sängers. Er sagte hastig, und die Tränen traten ihm dabei in die seelenvollen Augen: »Ihr sprecht da sicherlich anders, als Euch selber zumute ist, und das solltet Ihr nimmermehr tun. Aber ich lasse mich von Euch nicht irremachen, es gibt noch sanfte und hohe Empfindungen, die wohl schamhaft sind, aber sich nicht zu schämen brauchen, und ein stilles Glück, das sich vor dem lauten Tage verschließt und nur dem Sternenhimmel den heiligen Kelch öffnet wie eine Blume, in der ein Engel wohnt.« Fortunato sah den Jüngling verwundert an, dann rief er aus: »Nun wahrhaftig, Ihr seid recht ordentlich verliebt!«

Man hatte unterdes Fortunaton, der spazieren reiten wollte, sein Pferd vorgeführt. Freundlich streichelte er den gebogenen Hals des zierlich aufgeputzten Rössleins, das mit fröhlicher Ungeduld den Rasen stampfte. Dann wandte er sich noch einmal zu Florio und reichte ihm gutmütig lächelnd die Hand. »Ihr tut mir doch leid«, sagte er »es gibt gar zu viele sanfte, gute, besonders verliebte junge Leute, die ordentlich recht versessen sind aufs Unglücklichsein. Lasst das, die Melancholie, den Mondschein und alle den Plunder; und geht's auch manchmal wirklich schlimm, nur frisch heraus in Gottes freien Morgen und da draußen sich recht abgeschüttelt; im Gebet aus Herzensgrund – und es müsste wahrlich mit dem Bösen zugehen, wenn Ihr nicht so recht durch und durch fröhlich und stark werdet!« – Und hiermit schwang er sich schnell auf sein Pferd und ritt zwischen den Weinbergen und blühenden Gärten in das farbige, schallende Land hinein, selber so bunt und freudig anzuschauen wie der Morgen vor ihm.

Florio sah ihm lange nach, bis die Glanzeswogen über dem fernen Reiter zusammenschlugen. Dann ging er hastig unter den Bäumen auf und nieder. Ein tiefes, unbestimmtes Verlangen war von den Erscheinungen der Nacht in seiner Seele zurückgeblieben. Dagegen hatte ihn Fortunato durch seine Reden seltsam verstört und verwirrt. Er wusste nun selbst nicht mehr, was er wollte, gleich einem Nachtwandler, der plötzlich bei seinem Namen gerufen wird. Sinnend blieb er oftmals vor der wunderreichen Aussicht in das Land hinab stehen, als wollte er das freudigkräftige Walten da draußen um Auskunft fragen. Aber der Morgen spielte nur einzelne Zauberlichter wie durch die Bäume über ihm in sein träumerisch funkelndes Herz hinein, das noch in anderer Macht stand. Denn drinnen zogen die Sterne noch immer fort ihre magischen Kreise, zwischen denen das wunderschöne Marmorbild mit neuer, unwiderstehlicher Gewalt heraufsah. – So beschloss er denn endlich, den Weiher wieder aufzusuchen, und schlug rasch denselben Pfad ein, den er in der Nacht gewandelt.

Wie sah aber dort nun alles so anders aus! Fröhliche Menschen durchirrten geschäftig die Weinberge, Gärten und Alleen, Kinder spielten ruhig auf dem sonnigen Rasen vor den Hütten, die ihn in der Nacht unter den traumhaften Bäumen oft gleich eingeschlafenen Sphinxen erschreckt hatten, der Mond stand fern und verblasst am klaren Himmel, unzählige Vögel sangen lustig im Walde durcheinander. Er konnte gar nicht begreifen, wie ihn damals hier so seltsame Furcht überfallen konnte.

Bald bemerkte er indes, dass er in Gedanken den rechten Weg verfehlt. Er betrachtete aufmerksam alle Plätze und ging zweifelhaft bald zurück, bald wieder vorwärts; aber vergeblich; je emsiger er suchte, je unbekannter und ganz anders kam ihm alles vor.

Lange war er so umhergeirrt. Die Vögel schwiegen schon, der Kreis der Hügel wurde nach und nach immer stiller, die Strahlen der Mittagssonne schillerten sengend über der ganzen Gegend draußen, die wie unter einem Schleier von Schwüle zu schlummern und zu träumen schien. Da kam er unerwartet an ein Tor von Eisengittern, zwischen dessen zierlich vergoldeten Stäben hindurch man in einen weiten prächtigen Lustgarten hineinsehen konnte. Ein Strom von Kühle und Duft wehte den Ermüdeten erquickend daraus an. Das Tor war nicht verschlossen, er öffnete es leise und trat hinein.

Hohe Buchenhallen empfingen ihn da mit ihren feierlichen

Schatten, zwischen denen goldene Vögel wie abgewehte Blüten hin und wieder flatterten, während große seltsame Blumen, wie sie Florio niemals gesehen, traumhaft mit ihren gelben und roten Glocken in dem leisen Winde hin und her schwankten. Unzählige Springbrunnen plätscherten, mit vergoldeten Kugeln spielend, einförmig in der großen Einsamkeit. Zwischen den Bäumen hindurch sah man in der Ferne einen prächtigen Palast mit hohen schlanken Säulen hereinschimmern. Kein Mensch war ringsum zu sehen, tiefe Stille herrschte überall. Nur hin und wieder erwachte manchmal eine Nachtigall und sang wie im Schlummer fast schluchzend. Florio betrachtete verwundert Bäume, Brunnen und Blumen, denn es war ihm, als sei das alles lange versunken, und über ihm ginge der Strom der Tage mit leichten, klaren Wellen, und unten läge nur der Garten gebunden und verzaubert und träumte von dem vergangnen Leben.

Er war noch nicht weit vorgedrungen, als er Lautenklänge vernahm, bald stärker, bald wieder in dem Rauschen der Springbrunnen leise verhallend. Lauschend blieb er stehn, die Töne kamen immer näher und näher, da trat plötzlich in dem stillen Bogengange eine hohe schlanke Dame von wundersamer Schönheit zwischen den grünen Bäumen hervor, langsam wandelnd und ohne aufzublicken. Sie trug eine prächtige mit goldnem Bildwerk gezierte Laute im Arm, auf der sie, wie in tiefe Gedanken versunken, einzelne Akkorde griff. Ihr langes goldenes Haar fiel in reichen Locken über die fast bloßen, blendendweißen Achseln bis in den Rücken hinab, die langen, weiten Ärmel, wie vom Blütenschnee gewoben, wurden von zierlichen goldnen Spangen gehalten, den schönen Leib umschloss ein himmelblaues Gewand, ringsum an den Enden mit buntglühenden, wunderbar ineinander verschlungenen Blumen gestickt. Ein heller Sonnenblick durch eine Öffnung des Bogenganges schweifte soeben scharfbeleuchtend über die blühende Gestalt. Florio fuhr innerlichst zusammen – es waren unverkennbar die Züge, die Gestalt des schönen Venusbildes, das er heute Nacht am Weiher gesehen. – Sie aber sang, ohne den Fremden zu bemerken:

Was weckst du, Frühling, mich von neuem wieder?
Dass all die alten Wünsche auferstehen,
Geht übers Land ein wunderbares Wehen.
Das schauert mir so lieblich durch die Glieder.
Die schöne Mutter grüßen tausend Lieder,
Die, wieder jung, im Brautkranz süß zu sehen.
Der Wald will sprechen, rauschend Ströme gehen,
Najaden tauchen singend auf und nieder.
Die Rose seh ich gehn aus grüner Klause
Und, wie so buhlerisch die Lüfte fächeln,
Errötend in die laue Flut sich dehnen.
So mich auch ruft ihr aus dem stillen Hause –
Und schmerzlich nun muss ich im Frühling lächeln,
Versinkend zwischen Duft und Klang vor Sehnen.

So singend wandelte sie fort, bald in dem Grünen verschwin-
dend, bald wieder erscheinend, immer ferner und ferner, bis sie
sich endlich in der Gegend des Palastes ganz verlor. Nun war es
auf einmal wieder stille, nur die Bäume und die Wasserkünste
rauschten wie vorher. Florio stand in blühende Träume versunken, es war ihm, als hätte er die schöne Lautenspielerin schon
lange gekannt und nur in der Zerstreuung des Lebens wieder
vergessen und verloren, als ginge sie nun vor Wehmut zwischen
dem Quellenrauschen unter und riefe ihn unaufhörlich, ihr zu
folgen. – Tiefbewegt eilte er weiter in den Garten hinein auf die
Gegend zu, wo sie verschwunden war. Da kam er unter uralten
Bäumen an ein verfallen Mauerwerk, an dem noch hin und wieder schöne Bildereien halb kenntlich waren. Unter der Mauer
auf zerschlagenen Marmorsteinen und Säulenknäufen, zwischen denen hohes Gras und Blumen üppig hervorschossen, lag
ein schlafender Mann ausgestreckt. Erstaunt erkannte Florio
den Ritter Donati. Aber seine Mienen schienen im Schlafe sonderbar verändert, er sah fast wie ein Toter aus. Ein heimlicher
Schauer überlief Florion bei diesem Anblick. Er rüttelte den
Schlafenden heftig. Donati schlug langsam die Augen auf und

sein erster Blick war so fremd, stier und wild, dass sich Florio ordentlich vor ihm entsetzte. Dabei murmelte er noch zwischen Schlaf und Wachen einige dunkele Worte, die Florio nicht verstand. Als er sich endlich völlig ermuntert hatte, sprang er rasch auf und sah Florio, wie es schien, mit großem Erstaunen an. »Wo bin ich?«, rief dieser hastig, »wer ist die edle Herrin, die in diesem schönen Garten wohnt?« – »Wie seid Ihr«, frug dagegen Donati sehr ernst, »in diesen Garten gekommen?« Florio erzählte kurz den Hergang, worüber der Ritter in ein tiefes Nachdenken versank. Der Jüngling wiederholte darauf dringend seine vorigen Fragen, und Donati sagte zerstreut: »Die Dame ist eine Verwandte von mir, reich und gewaltig, ihr Besitztum ist weit im Lande verbreitet – Ihr findet sie bald da, bald dort – auch in der Stadt Lucca ist sie zuweilen.« – Florio fielen diese flüchtig hingeworfenen Worte seltsam aufs Herz, denn es wurde ihm nun immer deutlicher, was ihm vorher nur vorübergehend angeflogen, nämlich, dass er die Dame schon einmal in früherer Jugend irgendwo gesehen, doch konnte er sich durchaus nicht klar besinnen.

Sie waren unterdes rasch fortgehend unvermerkt an das vergoldete Gittertor des Gartens gekommen. Es war nicht dasselbe, durch welches Florio vorhin eingetreten. Verwundert sah er sich in der unbekannten Gegend um, weit über die Felder weg lagen die Türme der Stadt im heitern Sonnenglanze. Am Gitter stand Donatis Pferd angebunden und scharrte schnaubend den Boden.

Schüchtern äußerte nun Florio den Wunsch, die schöne Herrin des Gartens künftig einmal wiederzusehen. Donati, der bis dahin noch immer in sich versunken war, schien sich erst hier plötzlich zu besinnen. »Die Dame«, sagte er mit der gewohnten umsichtigen Höflichkeit, »wird sich freuen, Euch kennen zu lernen. Heute jedoch würden wir sie stören, und auch mich rufen dringende Geschäfte nach Hause. Vielleicht kann ich Euch morgen abholen.« – Und hierauf nahm er in wohlgesetzten Reden Abschied von dem Jüngling, bestieg sein Ross und war bald zwischen den Hügeln verschwunden.

Florio sah ihm lange nach, dann eilte er wie ein Trunkener der Stadt zu. Dort hielt die Schwüle noch alle lebendigen Wesen in den Häusern, hinter den dunkelkühlen Jalousien. Alle Gassen und Plätze waren so leer, Fortunato auch noch nicht zurückgekehrt. Dem Glücklichen wurde es hier zu enge, in trauriger Einsamkeit. Er bestieg schnell sein Pferd und ritt noch einmal ins Freie hinaus.

Morgen, morgen! schallte es in einem fort durch seine Seele. Ihm war so unbeschreiblich wohl. Das schöne Marmorbild war ja lebend geworden und von seinem Steine in den Frühling hinunter gestiegen, der stille Weiher plötzlich verwandelt zur unermesslichen Landschaft, die Sterne darin zu Blumen und der ganze Frühling ein Bild der Schönen. – Und so durchschweifte er lange die schönen Täler um Lucca, den prächtigen Landhäusern, Kaskaden und Grotten wechselnd vorüber, bis die Wellen des Abendrots über dem Fröhlichen zusammenschlugen.

Die Sterne standen schon klar am Himmel, als er langsam durch die stillen Gassen nach seiner Herberge zog. Auf einem der einsamen Plätze stand ein großes schönes Haus vom Monde hell erleuchtet. Ein Fenster war oben geöffnet, an dem er zwischen künstlich gezogenen Blumen hindurch zwei weibliche Gestalten bemerkte, die in ein lebhaftes Gespräch vertieft schienen. Mit Verwunderung hörte er mehrere Mal deutlich seinen Namen nennen. Auch glaubte er in den einzelnen abgerissnen Worten, die die Luft herüberwehte, die Stimme der wunderbaren Sängerin wiederzuerkennen. Doch konnte er vor den im Mondesglanz zitternden Blättern und Blüten nichts genau unterscheiden. Er hielt an, um mehr zu vernehmen. Da bemerkten ihn die beiden Damen, und es wurde auf einmal stille droben.

Unbefriedigt ritt Florio weiter, aber wie er soeben um die Straßenecke bog, sah er, dass sich die eine von den Damen noch einmal ihm nachblickend zwischen den Blumen hinauslehnte und dann schnell das Fenster schloss.

Am folgenden Morgen, als Florio soeben seine Traumblüten abgeschüttelt und vergnügt aus dem Fenster über die in der Morgensonne funkelnden Türme und Kuppeln der Stadt hinaussah, trat unerwartet der Ritter Donati in das Zimmer. Er war ganz schwarz gekleidet und sah heute ungewöhnlich verstört, hastig und beinah wild aus. Florio erschrak ordentlich vor Freude, als er ihn erblickte, denn er gedachte sogleich der schönen Frau. »Kann ich sie sehen?«, rief er ihm schnell entgegen. Donati schüttelte verneinend mit dem Kopfe und sagte, traurig vor sich auf den Boden hinsehend: »Heute ist Sonntag.« – Dann fuhr er rasch fort, sich sogleich wieder ermannend: »Aber zur Jagd wollt' ich Euch abholen.« »Zur Jagd?« – erwiderte Florio höchst verwundert, »heute am heiligen Tage?« – »Nun wahrhaftig«, fiel ihm der Ritter mit einem ingrimmigen, abscheulichen Lachen ins Wort, »Ihr wollt doch nicht etwa mit dem Büchlein unterm Arm zur Kirche wandern und im Winkel auf dem Fußschemel knien und andächtig Gotthelf sagen, wenn die Frau Base niest.« – »Ich weiß nicht, wie Ihr das meint«, sagte Florio, »und Ihr mögt immer über mich lachen, aber ich könnte heut nicht jagen. Wie da draußen alle Arbeit rastet, und Wälder und Felder so geschmückt aussehen zu Gottes Ehre, als zögen Engel durch das Himmelblau über sie hinweg – so still; so feierlich und gnadenreich ist diese Zeit!« – Donati stand in Gedanken am Fenster, und Florio glaubte zu bemerken, dass er heimlich schauerte, wie er so in die Sonntagsstille der Felder hinaussah.

Unterdes hatte sich Glockenklang von den Türmen der Stadt erhoben und ging wie ein Beten durch die klare Luft. Da schien Donati erschrocken, er griff nach seinem Hut und drang beinah ängstlich in Florio, ihn zu begleiten, der es aber beharrlich verweigerte. »Fort, hinaus!« – rief endlich der Ritter halblaut und wie aus tiefster, geklemmter Brust herauf, drückte dem erstaunten Jüngling die Hand, und stürzte aus dem Hause fort.

Florion wurde recht heimatlich zumute, als darauf der frische klare Sänger Fortunato, wie ein Bote des Friedens, zu ihm ins Zimmer trat. Er brachte eine Einladung auf morgen Abend nach einem Landhause vor der Stadt. »Macht Euch nur gefasst«, setzte er hinzu, »Ihr werdet dort eine alte Bekannte treffen!« Florio erschrak ordentlich und fragte hastig: »Wen?« Aber Fortunato lehnte lustig alle Erklärungen ab und entfernte sich bald. Sollte es die schöne Sängerin sein – dachte Florio still bei sich, und sein Herz schlug heftig.

Er begab sich dann in die Kirche, aber er konnte nicht beten, er war zu fröhlich zerstreut. Müßig schlenderte er durch die Gassen. Da sah alles so rein und festlich aus, schöngeputzte Herren und Damen zogen fröhlich und schimmernd nach den Kirchen. Aber, ach! die Schönste war nicht unter ihnen! – Ihm fiel dabei sein Abenteuer beim gestrigen Heimzuge ein. Er suchte die Gasse auf und fand bald das große schöne Haus wieder; aber sonderbar! die Türe war geschlossen, alle Fenster fest zu, es schien niemand darin zu wohnen.

Vergeblich schweifte er den ganzen folgenden Tag in der Gegend umher, um nähere Auskunft über seine unbekannte Geliebte zu erhalten, oder sie, wo möglich, gar wiederzusehen. Ihr Palast, so wie der Garten, den er in jener Mittagsstunde zufällig gefunden, war wie versunken, auch Donati ließ sich nicht erblicken. Ungeduldig schlug daher sein Herz vor Freude und Erwartung, als er endlich am Abend der Einladung zufolge mit Fortunato, der fortwährend den Geheimnisvollen spielte, zum Tore hinaus dem Landhause zuritt.

Es war schon völlig dunkel, als sie draußen ankamen. Mitten in einem Garten, wie es schien, lag eine zierliche Villa mit schlanken Säulen, über denen sich von der Zinne ein zweiter Garten von Orangen und vielerlei Blumen duftig erhob. Große Kastanienbäume standen umher und streckten kühn und seltsam beleuchtet ihre Riesenarme zwischen den aus den Fenstern dringenden Scheinen in die Nacht hinaus. Der Herr vom Hause, ein feiner fröhlicher Mann von mittleren Jahren, den aber Florio früher jemals gesehen zu haben sich nicht erinnerte, empfing den Sänger und seinen Freund herzlich an der Schwelle des Hauses und führte sie die breiten Stufen hinan in den Saal.

Eine fröhliche Tanzmusik scholl ihnen dort entgegen, eine große Gesellschaft bewegte sich bunt und zierlich durcheinander im Glanze unzähliger Lichter, die gleich Sternenkreisen, in kristallenen Leuchtern über dem lustigen Schwarme schwebten. Einige tanzten, andere ergötzten sich in lebhaftem Gespräch, viele waren maskiert und gaben unwillkürlich durch ihre wunderliche Erscheinung dem anmutigen Spiele oft plötzlich eine tiefe fast schauerliche Bedeutung.

Florio stand noch still geblendet, selber wie ein anmutiges Bild, zwischen den schönen schweifenden Bildern. Da trat ein zierliches Mädchen an ihn heran, in griechischem Gewande leicht geschürzt, die schönen Haare in künstliche Kränze geflochten. Eine Larve verbarg ihr halbes Gesicht und ließ die untere Hälfte nun desto rosiger und reizender sehen. Sie verneigte sich flüchtig, überreichte ihm eine Rose und war schnell wieder in dem Schwarme verloren.

In demselben Augenblick bemerkte er auch, dass der Herr vom Hause dicht bei ihm stand, ihn prüfend ansah, aber schnell wegblickte, als Florio sich umwandte. –

Verwundert durchstrich nun der Letztere die rauschende Menge. Was er heimlich gehofft, fand er nirgends, und er machte sich beinah Vorwürfe, dem fröhlichen Fortunato so leichtsinnig auf dieses Meer von Lust gefolgt zu sein, das ihn nun immer weiter von jener einsamen hohen Gestalt zu verschlagen schien. Sorglos umspülten indes die losen Wellen, schmeichlerisch neckend, den Gedankenvollen und tauschten ihm unmerklich die Gedanken aus. Wohl kommt die Tanzmusik, wenn sie auch nicht unser Innerstes erschüttert und umkehrt, recht wie ein Frühling leise und gewaltig über uns, die Töne tasten zauberisch wie die ersten Sommerblicke nach der Tiefe und wecken alle die Lieder, die unten gebunden schliefen, und die Quellen und Blumen und uralte Erinnerungen und das ganze eingefrorne, schwere, stockende Leben wird ein leichter klarer Strom, auf dem das Herz mit rauschenden Wimpeln den lange aufgegebenen Wünschen fröhlich wieder zufährt. So hatte die allgemeine Lust auch Florion gar bald angesteckt, ihm war recht leicht zumute, als müssten sich alle Rätsel, die so schwül auf ihm lasteten, lösen.

Neugierig suchte er nun die niedliche Griechin wieder auf. Er fand sie in einem lebhaften Gespräch mit andern Masken, aber er bemerkte wohl, dass auch ihre Augen mitten im Gespräch suchend abseits schweiften und ihn schon von ferne wahrgenommen hatten. Er forderte sie zum Tanze. Sie verneigte sich freundlich, aber ihre bewegliche Lebhaftigkeit schien wie gebrochen, als er ihre Hand berührte und festhielt. Sie folgte ihm still und mit gesenktem Köpfchen, man wusste nicht, ob schelmisch oder traurig. Die Musik begann, und er konnte keinen Blick verwenden von der reizenden Gauklerin, die ihn gleich den Zaubergestalten auf den alten fabelhaften Schildereien umschwebte. »Du kennst mich«, flüsterte sie kaum hörbar ihm zu, als sich einmal im Tanze ihre Lippen flüchtig beinah berührten.

Der Tanz war endlich aus, die Musik hielt plötzlich inne; da glaubte Florio seine schöne Tänzerin am anderen Ende des Saales noch einmal wiederzusehen. Es war dieselbe Tracht, dieselben Farben des Gewandes, derselbe Haarschmuck. Das schöne Bild schien unverwandt auf ihn herzusehen und stand fortwährend still im Schwarme der nun überall zerstreuten Tänzer, wie ein heiteres Gestirn zwischen dem leichten fliegenden Gewölk bald untergeht, bald lieblich wieder erscheint. Die zierliche Griechin schien die Erscheinung nicht zu bemerken, oder doch nicht zu beachten, sondern verließ, ohne ein Wort zu sagen, mit einem leisen flüchtigen Händedruck eilig ihren Tänzer.

Der Saal war unterdes ziemlich leer geworden. Alles schwärmte in den Garten hinab, um sich in der lauen Luft zu ergehen, auch jenes seltsame Doppelbild war verschwunden. Florio folgte dem Zuge und schlenderte gedankenvoll durch die hohen Bogengänge. Die vielen Lichter warfen einen zauberischen Schein zwischen das zitternde Laub. Die hin und her schweifenden Masken mit ihren veränderten grellen Stimmen und wunderbarem Aufzuge nahmen sich hier in der ungewissen Beleuchtung noch viel seltsamer und fast gespenstisch aus.

Er war eben, unwillkürlich einen einsamen Pfad einschlagend, ein wenig von der Gesellschaft abgekommen, als er eine liebliche Stimme zwischen den Gebüschen singen hörte:

> Über die beglänzten Gipfel
> Fernher kommt es wie ein Grüßen,
> Flüsternd neigen sich die Wipfel
> Als ob sie sich wollten küssen.
>
> Ist er doch so schön und milde!
> Stimmen gehen durch die Nacht,
> Singen heimlich von dem Bilde –
> Ach, ich bin so froh verwacht!
>
> Plaudert nicht so laut, ihr Quellen!
> Wissen darf es nicht der Morgen!
> In der Mondnacht linde Wellen,
> Senk ich stille Glück und Sorgen. –

Florio folgte dem Gesange und kam auf einen offnen runden Rasenplatz, in dessen Mitte ein Springbrunnen lustig mit den Funken des Mondlichts spielte. Die Griechin saß, wie eine schöne Najade, auf dem steinernen Becken. Sie hatte die Larve abgenommen und spielte gedankenvoll mit einer Rose in dem schimmernden Wasserspiegel. Schmeichlerisch schweifte der Mondschein über den blendendweißen Nacken auf und nieder, ihr Gesicht konnte er nicht sehen, denn sie hatte ihm den Rücken zugekehrt. – Als sie die Zweige hinter sich rauschen hörte, sprang das schöne Bildchen rasch auf, steckte die Larve vor und floh, schnell wie ein aufgescheuchtes Reh, wieder zur Gesellschaft zurück.

Florio mischte sich nun auch wieder in die bunten Reihen der Spaziergehenden. Manch zierliches Liebeswort schallte da leise durch die laue Luft, der Mondschein hatte mit seinen unsichtbaren Fäden alle die Bilder wie in ein goldnes Liebesnetz verstrickt, in das nur die Masken mit ihren ungeselligen Parodien manche komische Lücke rissen. Besonders hatte Fortunato sich diesen Abend mehrere Mal verkleidet und trieb fortwährend seltsam wechselnd sinnreichen Spuk, immer neu und unerkannt, und oft sich selber überraschend durch die Kühnheit und tiefe Bedeutsamkeit seines Spieles, so dass er manchmal plötzlich still wurde vor Wehmut, wenn die anderen sich halb tot lachen wollten. –

Die schöne Griechin ließ sich indes nirgends sehen, sie schien es absichtlich zu vermeiden, dem Florio wieder zu begegnen.

Dagegen hatte ihn der Herr vom Hause recht in Beschlag genommen. Künstlich und weit ausholend befragte ihn derselbe weitläuftig um sein früheres Leben, seine Reisen und seinen künftigen Lebensplan. Florio konnte dabei gar nicht vertraulich werden, denn Pietro, so hieß jener, sah fortwährend so beobachtend aus, als läge hinter alle den feinen Redensarten irgendein besonderer Anschlag auf der Lauer. Vergebens sann er hin und her, dem Grunde dieser zudringlichen Neugier auf die Spur zu kommen.

Er hatte sich soeben wieder von ihm losgemacht, als er, um den Ausgang einer Allee herumbeugend, mehreren Masken begegnete, unter denen er unerwartet die Griechin wieder erblickte. Die Masken sprachen viel und seltsam durcheinander, die eine Stimme schien ihm bekannt, doch konnte er sich nicht deutlich besinnen. Bald darauf verlor sich eine Gestalt nach der andern, bis er sich am Ende, eh' er sich dessen recht versah, allein mit dem Mädchen befand. Sie blieb zögernd stehen und sah ihn einige Augenblicke schweigend an. Die Larve war fort, aber ein kurzer blütenweißer Schleier, mit allerlei wunderlichen goldgestickten Figuren verziert, verdeckte das Gesichtchen. Er wunderte sich, dass die Scheue nun so allein bei ihm aushielt.

»Ihr habt mich in meinem Gesange belauscht«, sagte sie endlich freundlich. Es waren die ersten lauten Worte, die er von ihr vernahm. Der melodische Klang ihrer Stimme drang ihm durch die Seele, es war als rührte sie erinnernd an alles Liebe, Schöne und Fröhliche, was er im Leben erfahren. Er entschuldigte seine Kühnheit und sprach verwirrt von der Einsamkeit, die ihn verlockt, seiner Zerstreuung, dem Rauschen der Wasserkunst. – Einige Stimmen näherten sich währenddes dem Platze. Das Mädchen blickte scheu um sich und ging rasch tiefer in die Nacht hinein. Sie schien es gern zu sehen, dass Florio ihr folgte.

Kühn und vertraulicher bat er sie nun, sich nicht länger zu verbergen, oder doch ihren Namen zu sagen, damit ihre liebliche Erscheinung unter den tausend verwirrenden Bildern des Tages ihm nicht wieder verloren ginge. »Lasst das«, erwiderte sie träumerisch, »nehmet die Blumen des Lebens fröhlich, wie sie der Augenblick gibt, und forscht nicht nach den Wurzeln im Grunde, denn unten ist es freudlos und still.« Florio sah sie erstaunt an, er begriff nicht, wie solche rätselhafte Worte in den Mund des heitern Mädchens kamen. Das Mondlicht fiel eben wechselnd zwischen den Bäumen auf ihre Gestalt. Da kam es ihm auch vor, als sei sie nun größer, schlanker und edler, als vorhin beim Tanze und am Springbrunnen.

Sie waren indes bis an den Ausgang des Gartens gekommen. Keine Lampe brannte mehr hier, nur manchmal hörte man noch eine Stimme in der Ferne verhallend. Draußen ruhte der weite Kreis der Gegend still und feierlich im prächtigen Mondschein. Auf einer Wiese, die vor ihnen lag, bemerkte Florio mehrere Pferde und Menschen, in dem Dämmerlichte halbkenntlich durcheinander wirrend.

Hier blieb seine Begleiterin plötzlich stehen. »Es wird mich freuen«, sagte sie, »Euch einmal in meinem Hause zu sehen. Unser Freund« wird Euch hingeleiten. – Lebt wohl!« – Bei diesen Worten schlug sie den Schleier zurück, und Florio fuhr erschrocken zusammen. – Es war die wunderbare Schöne, deren Gesang er in jenem mittagschwülen Garten belauscht. – Aber ihr Gesicht, das der Mond hell beschien, kam ihm bleich und regungslos vor, fast wie damals das Marmorbild am Weiher.

Er sah nun, wie sie über die Wiese dahinging, von mehreren reichgeschmückten Dienern empfangen wurde, und in einem schnell umgeworfenen schimmernden Jagdkleide einen schneeweißen Zelter bestieg. Wie festgebannt von Staunen, Freude und einem heimlichen Grauen, das ihn innerlichst überschlich, blieb er stehen, bis Pferde, Reiter und die ganze seltsame Erscheinung in der Nacht verschwunden war.

Ein Rufen aus dem Garten weckte ihn endlich aus seinen Träumen. Er erkannte Fortunatos Stimme und eilte, den Freund zu erreichen, der ihn schon längst vermisst und vergebens aufgesucht hatte. Dieser wurde seiner kaum gewahr, als er ihm schon entgegensang:

> Still in Luft
> Es gebart
> Aus dem Duft
> Hebt's sich zart
> Liebchen ruft
> Liebster schweift
> Durch die Luft,
> Sternwärts greift
> Seufzt und ruft,
> Herz wird bang
> Matt wird Duft,
> Zeit wird lang. –
> Mondscheinduft
> Luft in Luft
> Bleibt Liebe und Liebste, wie sie gewesen!

»Aber wo seid Ihr denn auch so lange herumgeschwebt?«, schloss er endlich lachend. – Um keinen Preis hätte Florio sein Geheimnis verraten können. »Lange?« – erwiderte er nur, selber erstaunt. Denn in der Tat war der Garten unterdes ganz leer geworden, alle Beleuchtung fast erloschen, nur wenige Lampen flackerten noch ungewiss, wie Irrlichter, im Winde hin und her.

Fortunato drang nicht weiter in den Jüngling, und schweigend stiegen sie in dem stillgewordnen Hause die Stufen hinan. »Ich löse nun mein Wort«, sagte Fortunato, indem sie auf der Terrasse über dem Dache der Villa anlangten, wo noch eine kleine Gesellschaft unter dem heiter gestirnten Himmel versammelt war. Florio erkannte sogleich mehrere Gesichter, die er an jenem ersten fröhlichen Abend bei den Zelten gesehen. Mitten unter ihnen erblickte er auch seine schöne Nachbarin wieder. Aber der fröhliche Blumenkranz fehlte heute in den Haaren, ohne Band, ohne Schmuck wallten die schönen Locken um das Köpfchen und den zierlichen Hals. Er stand fast betroffen still bei dem Anblick. Die Erinnerung an jenen Abend überflog ihn mit einer seltsam wehmütigen Gewalt. Es war ihm, als sei das schon lange her, so ganz anders war alles seitdem geworden.

Das Fräulein wurde Bianka genannt und ihm als Pietros Nichte vorgestellt. Sie schien ganz verschüchtert, als er sich ihr näherte, und wagte es kaum zu ihm aufzublicken. Er äußerte ihr seine Verwunderung, sie diesen Abend hindurch nicht gesehen zu haben. »Ihr habt mich öfter gesehen«, sagte sie leise, und er glaubte dieses Flüstern wiederzuerkennen. – Währenddes wurde sie die Rose an seiner Brust gewahr, welche er von der Griechin erhalten, und schlug errötend die Augen nieder. Florio bemerkte es wohl, ihm fiel dabei ein, wie er nach dem Tanze die Griechin doppelt gesehen. Mein Gott! dachte er verwirrt bei sich, wer war denn das? –

»Es ist gar seltsam«, unterbrach sie ablenkend das Stillschweigen, »so plötzlich aus der lauten Lust in die weite Nacht hinauszutreten. Seht nur, die Wolken gehn oft so schreckhaft wechselnd über den Himmel, dass man wahnsinnig werden müsste, wenn man lange hineinsähe, bald wie ungeheure Mondgebirge mit schwindlichen Abgründen und schrecklichen Zacken, ordentlich wie Gesichter, bald wieder wie Drachen, oft plötzlich lange Hälse ausstreckend, und drunter schießt der Fluss heimlich wie eine goldne Schlange durch das Dunkel, das weiße Haus da drüben sieht aus wie ein stilles Marmorbild –« »Wo?«, fuhr Florio, bei diesem Worte heftig erschreckt, aus seinen Gedanken auf. – Das Mädchen sah ihn verwundert an, und beide schwiegen einige Augenblicke still. – »Ihr werdet Lucca verlassen?«, sagte sie endlich wieder zögernd und leise, als fürchtete sie sich vor einer Antwort. »Nein«, erwiderte Florio zerstreut, »doch ja, ja, bald, recht sehr bald!« – Sie schien noch etwas sagen zu wollen, wandte aber plötzlich, die Worte zurückdrängend, ihr Gesicht ab in die Dunkelheit.

Er konnte endlich den Zwang nicht länger aushalten. Sein Herz war so voll und gepresst und doch so überselig. Er nahm schnell Abschied, eilte hinab und ritt ohne Fortunato und alle Begleitung in die Stadt zurück.

Das Fenster in seinem Zimmer stand offen, er blickte flüchtig noch einmal hinaus. Die Gegend draußen lag unkenntlich und still wie eine wunderbar verschränkte Hieroglyphe im zauberischen Mondschein. Er schloss das Fenster fast erschrocken und warf sich auf sein Ruhebett hin, wo er wie ein Fieberkranker in die wunderlichsten Träume versank.

Bianka aber saß noch lange auf der Terrasse oben. Alle andern hatten sich zur Ruhe begeben, hin und wieder erwachte schon manche Lerche, mit ungewissem Liede hoch durch die stille Luft schweifend, die Wipfel der Bäume fingen an sich unten zu rühren, falbe Morgenlichter flogen wechselnd über ihr verwachtes, von den freigelassnen Locken nachlässig umwalltes Gesicht. – Man sagt, dass einem Mädchen, wenn sie in einem aus neunerlei Blumen geflochtenen Kranze einschläft, ihr künftiger Bräutigam im Traume erscheine. So eingeschlummert hatte Bianka nach jenem Abend bei den Zelten Florion im Traume gesehen. – Nun war alles Lüge, er war ja so zerstreut, so kalt und fremde! – Sie zerpflückte die trügerischen Blumen, die sie bis jetzt wie einen Brautkranz aufbewahrt. Dann lehnte sie die Stirn an das kalte Geländer und weinte aus Herzensgrunde.

———

Mehrere Tage waren seitdem vergangen, da befand sich Florio eines Nachmittags bei Donati auf seinem Landhause vor der Stadt. An einem mit Früchten und kühlem Wein besetzten Tische verbrachten sie die schwülen Stunden unter anmutigen Gesprächen bis die Sonne schon tief hinabgesunken war. Währenddes ließ Donati seinen Diener auf der Gitarre spielen, der ihr gar liebliche Töne zu entlocken wusste. Die großen, weiten Fenster standen dabei offen, durch welche die lauen Abendlüfte den Duft vielfacher Blumen, mit denen das Fenster besetzt war, hineinwehten. Draußen lag die Stadt im farbigen Duft zwischen den Gärten und Weinbergen, von denen ein fröhliches Schallen durch die Fenster heraufkam. Florio war innerlichst vergnügt, denn er gedachte im Stillen immerfort der schönen Frau.

Währenddem ließen sich draußen Waldhörner aus der Ferne vernehmen. Bald näher, bald weit, gaben sie einander unablässig anmutig Antwort von den grünen Bergen. Donati trat ans Fenster. »Das ist die Dame«, sagte er, »die Ihr in dem schönen Garten gesehen habt, sie kehrt soeben von der Jagd nach ihrem Schlosse zurück.« Florio blickte hinaus. Da sah er das Fräulein auf einem schönen Zelter unten über den grünen Anger ziehen. Ein Falke, mit einer goldenen Schnur an ihren Gürtel befestigt, saß auf ihrer Hand, ein Edelstein an ihrer Brust warf in der Abendsonne lange grünlichgoldne Scheine über die Wiese hin. Sie nickte freundlich zu ihnen herauf.

»Das Fräulein ist nur selten zu Hause«, sagte Donati, »wenn es Euch gefällig wäre, könnten wir sie noch heute besuchen.« Florio fuhr bei diesen Worten freudig aus dem träumerischen Schauen, in das er versunken stand, er hätte dem Ritter um den Hals fallen mögen. – Und bald saßen beide draußen zu Pferde.

Sie waren noch nicht lange geritten, als sich der Palast mit seiner heitern Säulenpracht vor ihnen erhob, ringsum von dem schönen Garten, wie von einem fröhlichen Blumenkranz umgeben. Von Zeit zu Zeit schwangen sich Wasserstrahlen von den vielen Springbrunnen, wie jauchzend, bis über die Wipfel der Gebüsche, hell im Abendgolde funkelnd. – Florio verwunderte sich, wie er bisher niemals den Garten wiederfinden konnte. Sein Herz schlug laut vor Entzücken und Erwartung, als sie endlich bei dem Schlosse anlangten.

Mehrere Diener eilten herbei, ihnen die Pferde abzunehmen. Das Schloss selbst war ganz von Marmor, und seltsam, fast wie ein heidnischer Tempel erbaut. Das schöne Ebenmaß aller Teile, die wie jugendliche Gedanken hochaufstrebenden Säulen, die künstlichen Verzierungen, sämtliche Geschichten aus einer fröhlichen, lange versunkenen Welt darstellend, die schönen marmornen Götterbilder endlich, die überall in den Nischen umherstanden, alles erfüllte die Seele mit einer unbeschreiblichen Heiterkeit. Sie betraten nun die weite Halle, die durch das ganze Schloss hindurchging. Zwischen den luftigen Säulen glänzte und wehte ihnen überall der Garten duftig entgegen.

Auf den breiten glattpolierten Stufen, die in den Garten hinabführten, trafen sie endlich auch die schöne Herrin des Palastes, die sie mit großer Anmut willkommen hieß. – Sie ruhte, halb liegend, auf einem Ruhebett von köstlichen Stoffen. Das Jagdkleid hatte sie abgelegt, ein himmelblaues Gewand, von einem wunderbar zierlichen Gürtel zusammengehalten, umschloss die schönen Glieder. Ein Mädchen neben ihr kniend hielt ihr einen reich verzierten Spiegel vor, während mehrere andere beschäftigt waren, ihre anmutige Gebieterin mit Rosen zu schmücken. Zu ihren Füßen war ein Kreis von Jungfrauen auf den Rasen gelagert, die sangen mit abwechselnden Stimmen zur Laute, bald hinreißend fröhlich, bald leise klagend, wie Nachtigallen in warmen Sommernächten einander Antwort geben.

In dem Garten selbst sah man überall ein erfrischendes Wehen und Regen. Viele fremde Herren und Damen wandelten da zwischen den Rosengebüschen und Wasserkünsten in artigen Gesprächen auf und nieder. Reichgeschmückte Edelknaben reichten Wein und mit Blumen verdeckte Orangen und Früchte in silbernen Schalen umher. Weiter in der Ferne, wie die Lautenklänge und die Abendstrahlen so über die Blumenfelder dahinglitten, erhoben sich hin und her schöne Mädchen, wie aus Mittagsträumen erwachend, aus den Blumen, schüttelten die dunkeln Locken aus der Stirn, wuschen sich die Augen in den klaren Springbrunnen, und mischten sich dann auch in den fröhlichen Schwarm.

Florios Blicke schweiften wie geblendet über die bunten Bilder, immer mit neuer Trunkenheit wieder zu der schönen Herrin des Schlosses zurückkehrend. Diese ließ sich in ihrem kleinen anmutigen Geschäft nicht stören. Bald etwas an ihrem dunkeln duftenden Lockengeflecht verbessernd, bald wieder im Spiegel sich betrachtend, sprach sie dabei fortwährend zu dem Jüngling, mit gleichgültigen Dingen in zierlichen Worten holdselig spielend. Zuweilen wandte sie sich plötzlich um und blickte ihn unter den Rosenkränzen so unbeschreiblich lieblich an, dass es ihm durch die innerste Seele ging. –

Die Nacht hatte indes schon angefangen, zwischen die fliegenden Abendlichter hinein zu dunkeln, das lustige Schallen im Garten wurde nach und nach zum leisen Liebesgeflüster, der Mondschein legte sich zauberisch über die schönen Bilder. Da erhob sich die Dame von ihrem blumigen Sitze und fasste Florion freundlich bei der Hand, um ihn in das Innere ihres Schlosses zu führen, von dem er bewundernd gesprochen. Viele von den andern folgten ihnen nach. Sie gingen einige Stufen auf und nieder, die Gesellschaft zerstreute sich inzwischen lustig, lachend und scherzend durch die vielfachen Säulengänge, auch Donati war im Schwarme verloren, und bald befand sich Florio mit der Dame allein in einem der prächtigsten Gemächer des Schlosses.

Die schöne Führerin ließ sich hier auf mehrere am Boden liegende seidene Kissen nieder. Sie warf dabei, zierlich wechselnd, ihren weiten, blütenweißen Schleier in die mannigfaltigsten Richtungen, immer schönere Formen bald enthüllend, bald lose verbergend. Florio betrachtete sie mit flammenden Augen. Da begann auf einmal draußen in dem Garten ein wunderschöner Gesang. Es war ein altes frommes Lied, das er in seiner Kindheit oft gehört und seitdem über den wechselnden Bildern der Reise fast vergessen hatte. Er wurde ganz zerstreut, denn es kam ihm zugleich vor, als wäre es Fortunatos Stimme. – »Kennt Ihr den Sänger?«, fragte er rasch die Dame. Diese schien ordentlich erschrocken und verneinte es verwirrt. Dann saß sie lange im stummen Nachsinnen da.

Florio hatte unterdes Zeit und Freiheit, die wunderlichen Verzierungen des Gemaches genau zu betrachten. Es war nur matt durch einige Kerzen erleuchtet, die von zwei ungeheuren, aus der Wand hervorragenden Armen gehalten wurden. Hohe, ausländische Blumen, die in künstlichen Krügen umherstanden, verbreiteten einen berauschenden Duft. Gegenüber stand eine Reihe marmorner Bildsäulen, über deren reizende Formen die schwankenden Lichter lüstern auf und nieder schweiften. Die übrigen Wände füllten köstliche Tapeten mit in Seide gewirkten lebensgroßen Historien von ausnehmender Frische.

Mit Verwunderung glaubte Florio, in allen den Damen, die er in diesen letzteren Schildereien erblickte, die schöne Herrin des Hauses deutlich wiederzuerkennen. Bald erschien sie, den Falken auf der Hand, wie er sie vorhin gesehen hatte, mit einem jungen Ritter auf die Jagd reitend, bald war sie in einem prächtigen Rosengarten vorgestellt, wie ein andrer schöner Edelknabe auf den Knien zu ihren Füßen lag.

Da flog es ihn plötzlich wie von den Klängen des Liedes draußen an, dass er zu Hause in früher Kindheit oftmals ein solches Bild gesehen, eine wunderschöne Dame in derselben Kleidung, einen Ritter zu ihren Füßen, hinten einen weiten Garten mit vielen Springbrunnen und künstlich geschnittenen Alleen, gerade so wie vorhin der Garten draußen erschienen. Auch Abbildungen von Lucca und anderen berühmten Städten erinnerte er sich dort gesehen zu haben.

Er erzählte es nicht ohne tiefe Bewegung der Dame. »Damals«, sagte er in Erinnerungen verloren, »wenn ich so an schwülen Nachmittagen in dem einsamen Lusthause unseres Gartens vor den alten Bildern stand und die wunderlichen Türme der Städte, die Brücken und Alleen betrachtete, wie da prächtige Karossen fuhren und stattliche Kavaliers einherritten, die Damen in den Wagen begrüßend – da dachte ich nicht, dass das alles einmal lebendig werden würde um mich herum. Mein Vater trat dabei oft zu mir und erzählte mir manch lustiges Abenteuer, das ihm auf seinen jugendlichen Heeresfahrten in der und jener von den abgemalten Städten begegnet. Dann pflegte er gewöhnlich lange Zeit nachdenklich in dem stillen Garten auf und ab zu gehen. – Ich aber warf mich in das tiefste Gras und sah stundenlang zu, wie die Wolken über die schwüle Gegend wegzogen. Die Gräser und Blumen schwankten leise hin und her über mir, als wollten sie seltsame Träume weben, die Bienen summten dazwischen so sommerhaft und in einem fort – ach! das ist alles wie ein Meer von Stille, in dem das Herz vor Wehmut untergehen möchte!« – »Lasst nur das!«, sagte hier die Dame wie in Zerstreuung, »ein jeder glaubt mich schon einmal gesehen zu haben, denn mein Bild dämmert und blüht wohl in allen Jugendträumen mit herauf.« Sie streichelte dabei beschwichtigend dem schönen Jüngling die braunen Locken aus der klaren Stirn. – Florio aber stand auf, sein Herz war zu voll und tief bewegt, er trat ans offene Fenster. Da rauschten die Bäume, hin und her schlug eine Nachtigall, in der Ferne blitzte es zuweilen. Über den stillen Garten weg zog immerfort der Gesang wie ein klarer kühler Strom, aus dem die alten Jugendträume herauftauchten. Die Gewalt dieser Töne hatte seine ganze Seele in tiefe Gedanken versenkt, er kam sich auf einmal hier so fremde und wie aus sich selber verirrt vor. Selbst die letzten Worte der Dame, die er sich nicht recht zu deuten wusste, beängstigten ihn sonderbar – da sagte er leise aus tiefstem Grunde der Seele: »Herr Gott, lass mich nicht verloren gehen in der Welt!« Kaum hatte er die Worte innerlichst ausgesprochen, als sich draußen ein trüber Wind wie von dem herannahenden Gewitter erhob und ihn verwirrend anwehte. Zu gleicher Zeit bemerkte er an dem Fenstergesimse Gras und einzelne Büschel von Kräutern wie auf altem Gemäuer. Eine Schlange fuhr zischend daraus hervor und stürzte mit dem grünlichgoldenen Schweife sich ringelnd in den Abgrund hinunter.

Erschrocken verließ Florio das Fenster und kehrte zu der Dame zurück. Diese saß unbeweglich still, als lausche sie. Dann stand sie rasch auf, ging ans Fenster und sprach mit anmutiger Stimme scheltend in die Nacht hinaus. Florio konnte aber nichts verstehen, denn der Sturm riss die Worte gleich mit sich fort. –

Das Gewitter schien indes immer näher zu kommen, der Wind, zwischen dem noch immerfort einzelne Töne des Gesanges herzzerreißend herausflogen, strich pfeifend durch das ganze Haus und drohte die wild hin und her flackernden Kerzen zu verlöschen. Ein langer Blitz erleuchtete soeben das dämmernde Gemach. Da fuhr Florio plötzlich einige Schritte zurück, denn es war ihm, als stünde die Dame starr mit geschlossenen Augen und ganz weißem Antlitz und Armen vor ihm. – Mit dem flüchtigen Blitzesscheine jedoch verschwand auch das schreckliche Gesicht wieder wie es entstanden. Die alte Dämmerung füllte wieder das Gemach, die Dame sah ihn wieder lächelnd an wie vorhin, aber stillschweigend und wehmütig wie mit schwerverhaltenen Tränen.

Florio hatte indes, im Schreck zurücktaumelnd, eines von den steinernen Bildern, die an der Wand herumstanden, angestoßen. In demselben Augenblicke begann dasselbe sich zu rühren, die Regung teilte sich schnell den andern mit, und bald erhoben sich alle die Bilder mit furchtbarem Schweigen von ihrem Gestelle. Florio zog seinen Degen und warf einen ungewissen Blick auf die Dame. Als er aber bemerkte, dass dieselbe, bei den indes immer gewaltiger verschwellenden Tönen des Gesanges im Garten, immer bleicher und bleicher wurde, gleich einer versinkenden Abendröte, worin endlich auch die lieblich spielenden Augensterne unterzugehen schienen, da erfasste ihn ein tödliches Grauen. Denn auch die hohen Blumen in den Gefäßen fingen an, sich wie buntgefleckte bäumende Schlangen grässlich durcheinander zu winden, alle Ritter auf den Wandtapeten sahen auf einmal aus wie er und lachten ihn hämisch an, die beiden Arme, welche die Kerzen hielten, rangen und reckten sich immer länger, als wollte ein ungeheurer Mann aus der Wand sich hervorarbeiten, der Saal füllte sich mehr und mehr, die Flammen des Blitzes warfen grässliche Scheine zwischen die Gestalten, durch deren Gewimmel Florio die steinernen Bilder mit solcher Gewalt auf sich losdringen sah, dass ihm die Haare zu Berge standen. Das Grausen überwältigte alle seine Sinne, er stürzte verworren aus dem Zimmer durch die öden widerhallenden Gemächer und Säulengänge hinab.

Unten im Garten lag seitwärts der stille Weiher, den er in jener ersten Nacht gesehen, mit dem marmornen Venusbilde. – Der Sänger Fortunato, so kam es ihm vor, fuhr abgewendet und hoch aufrecht stehend im Kahne mitten auf dem Weiher, noch einzelne Akkorde in seine Gitarre greifend. – Florio aber hielt auch diese Erscheinung für ein verwirrendes Blendwerk der Nacht und eilte fort und fort, ohne sich umzusehen, bis Weiher, Garten und Palast weit hinter ihm versunken waren. Die Stadt ruhte, hell vom Monde beschienen, vor ihm. Fernab am Horizonte verhallte nur leise ein leichtes Gewitter, es war eine prächtig klare Sommernacht.

Schon flogen einzelne Lichtstreifen über den Morgenhimmel, als er vor den Toren ankam. Er suchte dort heftig Donatis Wohnung auf, ihn wegen der Begebenheiten dieser Nacht zur Rede zu stellen. Das Landhaus lag auf einem der höchsten Plätze mit der Aussicht über die Stadt und die ganze umliegende Gegend. Er fand daher die anmutige Stelle bald wieder. Aber anstatt der zierlichen Villa, in der er gestern gewesen, stand nur eine niedere Hütte da, ganz von Weinlaub überrankt und von einem kleinen Gärtchen umschlossen. Tauben, in den ersten Morgenstrahlen spiegelnd, gingen girrend auf dem Dache auf und nieder, ein tiefer heiterer Friede herrschte überall. Ein Mann mit dem Spaten auf der Achsel kam soeben aus dem Hause und sang:

> Vergangen ist die finstre Nacht,
> Des Bösen Trug und Zaubermacht,
> Zur Arbeit weckt der lichte Tag;
> Frisch auf, wer Gott noch loben mag!

Er brach sein Lied plötzlich ab, als er den Fremden so bleich und mit verworrenem Haar daherfliegen sah. – Ganz verwirrt fragte Florio nach Donati. Der Gärtner aber kannte den Namen nicht und schien den Fragenden für wahnsinnig zu halten. Seine Tochter dehnte sich auf der Schwelle in die kühle Morgenluft hinaus

147

und sah den Fremden frisch und morgenklar mit den großen, verwunderten Augen an. – Mein Gott! wo bin ich denn so lange gewesen! sagte Florio halb leise in sich, und floh eilig zurück durch das Tor und die noch leeren Gassen in die Herberge.

Hier verschloss er sich in sein Zimmer und versank ganz und gar in ein hinstarrendes Nachsinnen. Die unbeschreibliche Schönheit der Dame, wie sie so langsam vor ihm verblich, und die anmutigen Augen untergingen, hatte in seinem tiefsten Herzen eine solche unendliche Wehmut zurückgelassen, dass er sich unwiderstehlich sehnte, hier zu sterben. –

In solchem unseligen Brüten und Träumen blieb er den ganzen Tag und die darauf folgende Nacht hindurch.

––––––––––

Die früheste Morgendämmerung fand ihn schon zu Pferde vor den Toren der Stadt. Das unermüdliche Zureden seines getreuen Dieners hatte ihn endlich zu dem Entschlusse bewogen, diese Gegend gänzlich zu verlassen. Langsam und in sich gekehrt zog er nun die schöne Straße, die von Lucca in das Land hinausführte, zwischen den dunkelnden Bäumen, in denen die Vögel noch schliefen, dahin. Da gesellten sich, nicht gar fern der Stadt, noch drei andere Reiter zu ihm. Nicht ohne heimlichen Schauer erkannte er in dem einen den Sänger Fortunato. Der andere war Fräulein Biankas Oheim, in dessen Landhause er an jenem verhängnisvollen Abende getanzt. Er wurde von einem Knaben begleitet, der stillschweigend und ohne viel aufzublicken, neben ihm her ritt. Alle drei hatten sich vorgenommen, miteinander das schöne Italien zu durchschweifen und luden Florio freudig ein, mit ihnen zu reisen. Er aber neigte sich schweigend, weder einwilligend, noch verneinend, und nahm fortwährend an allen ihren Gesprächen nur geringen Anteil.

Die Morgenröte erhob sich indes immer höher und kühler über der wunderschönen Landschaft vor ihnen. Da sagte der heitre Pietro zu Fortunato: »Seht nur, wie seltsam das Zwielicht über dem Gestein der alten Ruine auf dem Berge dort spielt!

Wie oft bin ich, schon als Knabe, mit Erstaunen, Neugier und heimlicher Scheu dort herumgeklettert! Ihr seid so vieler Sagen kundig, könnt Ihr uns nicht Auskunft geben von dem Ursprung und Verfall dieses Schlosses, von dem so wunderliche Gerüchte im Lande gehen?« – Florio warf einen Blick nach dem Berge. In einer großen Einsamkeit lag da altes verfallenes Gemäuer umher, schöne halb in die Erde versunkene Säulen und künstlich gehauene Steine, alles von einer üppig blühenden Wildnis grünverschlungener Ranken, Hecken und hohen Unkrauts überdeckt. Ein Weiher befand sich daneben, über dem sich ein zum Teil zertrümmertes Marmorbild erhob, hell vom Morgen angeglüht. Es war offenbar dieselbe Gegend, dieselbe Stelle, wo er den schönen Garten und die Dame gesehen hatte. – Er schauerte innerlichst zusammen bei dem Anblicke. – Fortunato aber sagte: ich weiß ein altes Lied darauf, wenn ihr damit fürlieb nehmen wollt. – Und hiermit sang er, ohne sich lange zu besinnen, mit seiner klaren fröhlichen Stimme in die heitere Morgenluft hinaus:

Von kühnen Wunderbildern
Ein großer Trümmerhauf,
In reizendem Verwildern
Ein blüh'nder Garten drauf.

Versunknes Reich zu Füßen,
Vom Himmel fern und nah,
Aus andrem Reich ein Grüßen –
Das ist Italia!

Wenn Frühlingslüfte wehen
Hold übern grünen Plan,
Ein leises Auferstehen
Hebt in den Tälern an.

Da will sich's unten rühren
Im stillen Göttergrab,
Der Mensch kann's schaurend spüren
Tief in die Brust hinab.

Verwirrend durch die Bäume
Gehn Stimmen hin und her,
Ein sehnsuchtsvolles Träumen
Weht übers blaue Meer.

Und unterm duft'gen Schleier,
Sooft der Lenz erwacht,
Webt in geheimer Feier
Die alte Zaubermacht.

Frau Venus hört das Locken,
Der Vögel heitern Chor
Und richtet froh erschrocken
Aus Blumen sich empor.

Sie sucht die alten Stellen,
Das luft'ge Säulenhaus,
Schaut lächelnd in die Wellen
Der Frühlingsluft hinaus.

Doch öd sind nun die Stellen,
Stumm liegt ihr Säulenhaus,
Gras wächst da auf den Schwellen,
Der Wind zieht ein und aus.

Wo sind nun die Gespielen?
Diana schläft im Wald,
Neptunus ruht im kühlen
Meerschloss, das einsam hallt.

Zuweilen nur Sirenen
Noch tauchen aus dem Grund
Und tun in irren Tönen
Die tiefe Wehmut kund. –

Sie selbst muss sinnend stehen
So bleich im Frühlingsschein,
Die Augen untergehen,
Der schöne Leib wird Stein. –

Denn über Land und Wogen
Erscheint, so still und mild,
Hoch auf dem Regenbogen
Ein andres Frauenbild.

Ein Kindlein in den Armen
Die Wunderbare hält
Und himmlisches Erbarmen
Durchdringt die ganze Welt.

Da in den lichten Räumen
Erwacht das Menschenkind
Und schüttelt böse Träume
Von seinem Haupt geschwind.

Und, wie die Lerche singend,
Aus schwülen Zaubers Kluft
Erhebt die Seele ringend
Sich in die Morgenluft.

Alle waren still geworden über dem Liede. – »Jene Ruine«, sagte endlich Pietro, »wäre also ein ehemaliger Tempel der Venus, wenn ich Euch sonst recht verstanden?« »Allerdings«, erwiderte Fortunato, »soviel man an der Anordnung des Ganzen und den noch übrig gebliebenen Verzierungen abnehmen kann. Auch sagt man, der Geist der schönen Heidengöttin habe keine Ruhe gefunden. Aus der erschrecklichen Stille des Grabes heißt sie das Andenken an die irdische Lust jeden Frühling immer wieder in die grüne Einsamkeit ihres verfallenen Hauses heraufsteigen und durch teuflisches Blendwerk die alte Verführung üben an jungen sorglosen Gemütern, die dann vom Leben abgeschieden, und doch auch noch nicht aufgenommen in den Frieden der Toten, zwischen wilder Lust und schrecklicher Reue, an Leib und Seele verloren, umherirren, und in der entsetzlichsten Täuschung sich selber verzehren. Gar häufig will man auf demselben Platze Anfechtungen von Gespenstern verspürt haben, wo sich bald eine wunderschöne Dame, bald mehrere ansehnliche Kavaliers sehen lassen und die Vorübergehenden in einen dem Auge vorgestellten erdichteten Garten und Palast führen.« – »Seid Ihr jemals droben gewesen?«, fragte hier Florio rasch, aus feinen Gedanken erwachend. – »Erst vorgestern abends«, entgegnete Fortunato. – »Und habt Ihr nichts Erschreckliches gesehen?« – »Nichts«, sagte der Sänger, »als den stillen Weiher und die weißen rätselhaften Steine im Mondlicht umher und den weiten unendlichen Sternenhimmel darüber. Ich sang ein altes frommes Lied, eines von jenen ursprünglichen Liedern, die, wie Erinnerungen und Nachklänge aus einer andern heimatlichen Welt, durch das Paradiesgärtlein unsrer Kindheit ziehn und ein rechtes Wahrzeichen sind, an dem sich alle Poetische später in dem ältergewordnen Leben immer wiedererkennen. Glaubt mir, ein redlicher Dichter kann viel wagen, denn die Kunst, die ohne Stolz und Frevel, bespricht und bändigt die wilden Erdengeister, die aus der Tiefe nach uns langen.«

Alle schwiegen, die Sonne ging soeben auf vor ihnen und warf ihre funkelnden Lichter über die Erde. Da schüttelte Florio sich an allen Gliedern, sprengte rasch eine Strecke den andern voraus, und sang mit heller Stimme:

> Hier bin ich, Herr! Gegrüßt das Licht,
> Das durch die stille Schwüle
> Der müden Brust gewaltig bricht
> Mit seiner strengen Kühle.
>
> Nun bin ich frei! Ich taumle noch
> Und kann mich noch nicht fassen –
> O Vater du erkennst mich doch,
> Und wirst nicht von mir lassen!

Es kommt nach allen heftigen Gemütsbewegungen, die unser ganzes Wesen durchschüttern, eine stillklare Heiterkeit über die Seele, gleich wie die Felder nach einem Gewitter frischer grünen und aufatmen. So fühlte sich auch Florio nun innerlichst erquickt, er blickte wieder recht mutig um sich und erwartete beruhigt die Gefährten, die langsam im Grünen nachgezogen kamen.

Der zierliche Knabe, welcher Pietron begleitete, hatte unterdes auch, wie Blumen vor den ersten Morgenstrahlen, das Köpfchen erhoben. – Da erkannte Florio mit Erstaunen Fräulein Bianka. Er erschrak, wie sie so bleich aussah gegen jenen Abend, da er sie zum ersten Mal unter den Zelten im reizenden Mutwillen gesehen. Die Arme war mitten in ihren sorglosen Kinderspielen von der Gewalt der ersten Liebe überrascht worden. Und als dann der heißgeliebte Florio, den dunkeln Mächten folgend, so fremde wurde und sich immer weiter von ihr entfernte, bis sie ihn endlich ganz verloren geben musste, da versank sie in eine tiefe Schwermut, deren Geheimnis sie niemandem anzuvertrauen wagte. Der kluge Pietro wusste es aber wohl und hatte beschlossen, seine Nichte weit fortzuführen und sie in fremden Gegenden und in einem andern Himmelsstrich, wo nicht zu heilen, doch zu zerstreuen und zu erhalten. Um ungehinderter reisen zu können, und zugleich alles Vergangene gleichsam von sich abzustreifen, hatte sie Knabentracht anlegen müssen.

Mit Wohlgefallen ruhten Florios Blicke auf der lieblichen Gestalt. Eine seltsame Verblendung hatte bisher seine Augen wie mit einem Zaubernebel umfangen. Nun erstaunte er ordentlich, wie schön sie war! Er sprach vielerlei gerührt und mit tiefer Innigkeit zu ihr. Da ritt sie, ganz überrascht von dem unverhofften Glück, und in freudiger Demut, als verdiene sie solche Gnade nicht, mit niedergeschlagenen Augen, schweigend neben ihm her. Nur manchmal blickte sie unter den langen schwarzen Augenwimpern nach ihm hinauf, die ganze klare Seele lag in dem Blick, als wollte sie bittend sagen: »Täusche mich nicht wieder!«

Sie waren unterdes auf einer luftigen Höhe angelangt, hinter ihnen versank die Stadt Lucca mit ihren dunkeln Türmen in dem schimmernden Duft. Da sagte Florio, zu Bianka gewendet: »Ich bin wie neu geboren, es ist mir, als würde noch alles gut werden, seit ich Euch wiedergefunden. Ich möchte niemals wieder scheiden, wenn Ihr es vergönnt.« –

Bianka blickte ihn, statt aller Antwort selber wie fragend, mit ungewisser, noch halb zurückgehaltener Freude an und sah recht wie ein heiteres Engelsbild auf dem tiefblauen Grunde des Morgenhimmels aus. Der Morgen schien ihnen, in langen goldenen Strahlen über die Fläche schießend, gerad entgegen. Die Bäume standen hell angeglüht, unzählige Lerchen sangen schwirrend in der klaren Luft. Und so zogen die Glücklichen fröhlich durch die überglänzten Auen in das blühende Mailand hinunter.

ANHANG

Editorische Notiz

Die Novelle ›Aus dem Leben eines Taugenichts‹ erschien erstmals vollständig 1826, nachdem Kapitel daraus in Fortsetzung ab 1823 in der Zeitschrift ›Deutsche Blätter für Poesie, Literatur, Kunst und Theater‹, in Breslau herausgegeben von K. Schall und K. von Holtei, erschienen waren. ›Das Marmorbild‹ erschien erstmals 1819 als ›Frauentaschenbuch‹ des Jahres.

Der vorliegende Text ist folgenden Ausgaben entnommen:

Das Marmorbild. Eine Novelle. Frauentaschenbuch für das Jahr 1819. Herausgegeben von Friedrich de la Motte Fouqué. Nürnberg 1818.

Aus dem Leben eines Taugenichts und das Marmorbild. Zwei Novellen nebst einem Anhange von Liedern und Romanzen von Joseph Freiherrn von Eichendorff. Berlin 1826.

Die Orthographie wurde auf der Grundlage der neuen Rechtschreibung behutsam modernisiert. Eindeutige Druck- und Satzfehler wurden korrigiert.

Daten zu Leben und Werk

1788
10. März: Geburt Joseph von Eichendorffs auf Schloss Lubowitz bei Ratibor als Sohn von Adolf Freiherr von Eichendorff und Karoline Freiin von Kloch. Erziehung zusammen mit dem zwei Jahre älteren Bruder Wilhelm durch den Pfarrer Heinke. Frühe Lektüre von Volksbüchern und den Gedichten von Matthias Claudius, eigene dichterische Versuche schon in der Kindheit.

1794
Reise nach Prag.

1799
Reise nach Karlsbad und Prag, Reiseaufzeichnungen.

1800
Beginn von Tagebuchaufzeichnungen, Erarbeitung einer »Naturgeschichte« mit eigenen Illustrationen.

1801–1805
Schulbesuch (zusammen mit dem Bruder) im St.-Josephs-Konvikt in Breslau. Eichendorff verfasst frühe Gedichte.

1804
Geburt der Schwester Luise.

1805–1806
Studium der Rechts- und Geisteswissenschaften in Halle (wiederum zusammen mit dem Bruder). Eichendorff studiert u. a. bei F. A. Wolf und bei Schleiermacher, geht häufig ins Theater und reist durch den Harz nach Lübeck und Hamburg. Im August 1806 Rückkehr nach Lubowitz.

1807

Zusammen mit dem Bruder Reise nach Heidelberg zur Fortsetzung des Studiums. Bekanntschaft mit Achim von Arnim, Freundschaft mit Otto Heinrich Graf von Loeben. Gründung des »Eleusischen Bundes« mit Loeben und den Theologen Friedrich Strauß und Wilhelm Budde.

1808

Parisreise (April). Im Mai Rückreise von Heidelberg über Wien nach Lubowitz. Eichendorff plant, als Landwirt die Bewirtschaftung der Familiengüter zu übernehmen. Erste Gedichtveröffentlichungen unter dem Pseudonym Florens in der *Zeitschrift für Wissenschaft und Kunst*, Arbeit an der Märchennovelle *Die Zauberei im Herbste*.

1809

Verlobung mit Luise von Larisch. Im November reist Eichendorff mit dem Bruder nach Berlin, dort Zusammentreffen mit Loeben, Bekanntschaft mit Adam Müller, Umgang mit Arnim und Clemens Brentano.

1810

Rückkehr nach Lubowitz (März). Entschluss der Brüder, in den Staatsdienst zu gehen. Im Oktober reisen beide nach Wien, um ihre Studien mit der Staatsprüfung abzuschließen. Sie pflegen gesellschaftliche Beziehungen zum Wiener Adel und verkehren u. a. im Hause Friedrich Schlegels. Freundschaft mit Philipp Veit, Dorothea Schlegels Sohn. Arbeit an *Ahnung und Gegenwart*.

1813

Eichendorff lässt sich in Breslau als Freiwilliger in das Lützow'sche Freikorps aufnehmen, nimmt aber nicht an größeren Kampfhandlungen teil: Er tritt später in das Kleist'sche Armeekorps über und wird Offizier in der Schlesischen Landwehr. Der

Bruder Wilhelm ist in den österreichischen Staatsdienst übernommen worden.

1814

Nach dem Friedensschluss geht er nach Lubowitz zurück. Eichendorff versucht vergeblich, eine Stellung in Wien zu finden.

1815

Eichendorff wird Sekretär beim Oberkriegskommissariat in Berlin. Hochzeit mit Luise von Larisch. Bei Kriegsausbruch Wiedereintritt in die Armee, Teilnahme an der Verfolgung der bei Waterloo geschlagenen französischen Armee, Offizier im Stab Gneisenaus. Geburt des Sohnes Hermann. *Ahnung und Gegenwart* erscheint.

1816

Rückkehr zur Familie. Eichendorff wird Referendar bei der Regierung in Breslau.

1817

Geburt der Tochter Therese.

1818

Tod des Vaters.

1819

Eichendorff legt die große juristische Staatsprüfung ab und wird Regierungsassessor in Breslau. Geburt des Sohnes Rudolf. *Das Marmorbild* erscheint.

1821

Eichendorff erhält eine Anstellung in Danzig als Katholischer Konsistorial- und Schulrat. Freundschaft mit seinem Vorgesetzten, dem Oberpräsidenten Theodor von Schön. Mitarbeit an der Wiederherstellung der Marienburg.

1822
Tod der Mutter. Verkauf des Gutes Lubowitz.

1823
Krieg den Philistern. Dramatisches Märchen in fünf Abenteuern erscheint.

1824
Umzug nach Königsberg.

1826
Aus dem Leben eines Taugenichts erscheint zusammen mit der Erzählung *Das Marmorbild* und 48 Gedichten.

1827
Meierbeths Glück und Ende erscheint im *Gesellschafter*.

1832
Versetzung als im Kultusministerium für katholisches Kirchen- und Schulwesen zuständiger Regierungsrat nach Berlin. Freund- schaften u. a. mit Savigny und Adelbert von Chamisso. *Viel Lärm um nichts* erscheint im *Gesellschafter*.

1833
Das Lustspiel *Die Freier* erscheint.

1834
Dichter und ihre Gesellen erscheint.

1837
Erste umfassende Sammlung der *Gedichte*. In *Urania. Taschen- buch auf das Jahr 1837* erscheint *Das Schloß Dürande*.

1840
Übersetzung der Erzählung *Der Graf Lucanor* von Juan Manuel aus dem Spanischen.

1841
Die Glücksritter erscheint im *Rheinischen Jahrbuch*, außerdem erscheint die erste Ausgabe der *Werke* in vier Teilen.

1843
Beurlaubung. Historische Studien, Arbeit an *Geschichte der Wiederherstellung des Schlosses Marienburg* (erscheint 1844).

1844
Pensionierung auf eigenen Wunsch. Wohnsitz in Danzig (bis 1846).

1846
Aufenthalt (bis Sommer 1847, danach Rückkehr nach Berlin) in Wien. Bekanntschaft mit Grillparzer und Stifter. Mitarbeit an den *Historisch-politischen Blättern*, darin die Aufsatzreihe *Zur Geschichte der neueren romantischen Poesie in Deutschland* (Buchfassung 1847 unter dem Titel *Über die ethische und religiöse Bedeutung der neueren romantischen Poesie in Deutschland*).

1849
Tod des Bruders Wilhelm. Arbeit an der Calderón-Übersetzung und an literarhistorischen Arbeiten.

1851
Der deutsche Roman des 18. Jahrhunderts in seinem Verhältnis zum Christentum erscheint.

1854
Zur Geschichte des Dramas erscheint.

1855
Umzug nach Neiße. Eichendorffs Frau Luise stirbt, er lebt bei seiner Tochter Therese.

1857
Die *Geschichte der poetischen Literatur Deutschlands* und die Verserzählung *Lucius* erscheinen. 26. November: Eichendorff stirbt in Neiße.

Aus Kindlers Literatur Lexikon:
Joseph von Eichendorff,
›Aus dem Leben eines Taugenichts‹

Die Erzählung, die der Autor um 1817 unter dem Titel »Der neue Troubadour« zu schreiben begann und deren erstes Kapitel er 1823 in den *Deutschen Blättern für Poesie, Literatur, Kunst und Theater* veröffentlichte, erschien 1826 und wurde noch zu Lebzeiten des Autors dessen bekanntestes episches Werk.

Eichendorff wählt im Unterschied zu den meisten seiner Romane und Novellen eine Ich-Erzählinstanz und bindet so den Bericht über die kurze Spanne »aus dem Leben eines Taugenichts« an dessen subjektiven Erlebnis- und Erfahrungshorizont. Dabei tritt das erzählende Ich strikt hinter das handelnde und erlebende Ich zurück, so dass dem Lesepublikum der (durch eine Vielzahl von Liedeinlagen effektvoll gesteigerte) Eindruck vermittelt wird, es könne unmittelbar an den Abenteuern des Taugenichts teilnehmen. Dieses erzählerische Verfahren hat wesentlich zum Paradox beigetragen, dass Generationen von Lesern, die in eine auf ökonomischer Herrschaft gegründete und von sozialen Gegensätzen geprägte Gesellschaft fest eingebunden waren, ausgerechnet die Lebensgeschichte eines suspekten Individuums, das sich der Arbeitswelt kategorisch widersetzt und auf den Taugenichts-Vorwurf noch stolz ist, mit hoher Empathie- und Identifikationsbereitschaft rezipiert haben.

Die Geschichte des Taugenichts beginnt, nachdem der Vater, der »schon seit Tagesanbruch in der Mühle rumort und die Schlafmütze schief auf dem Kopfe« hat, seinen Sohn »hinaus in die Welt« schickt, damit er von nun an für sich selbst sorge. Der Taugenichts verlässt die Mühle und begibt sich zu Fuß und ohne Ziel auf eine Reise. Unterwegs wird er in einer Kutsche mitgenommen, die in Richtung Wien zu einem Schloss fährt. Der Taugenichts bleibt dort eine Zeit lang, lässt sich als Gärtner und spä-

165

ter als Zolleinnehmer beschäftigen, ohne beide Tätigkeiten auch nur im Ansatz als Beruf und Arbeit zu begreifen; statt dessen verliebt er sich unversehens in eine »schöne Frau«. Selbst ihm wohlgesonnene Personen aus der Dienerschaft, etwa der Schlossportier, erscheinen dem jugendlichen Helden wie Karikaturen einer fremdartigen Ordnung. Als er erkennt, dass ihm ein Leben im philisterhaften »Schlafrock« auf Dauer missfällt, und als er glaubt, die »schöne Frau« sei längst an einen anderen – Höhergestellten – vergeben, wandert er weiter, nun nach Italien. Der Weg dorthin wird durch allerlei Abenteuer und Begegnungen bestimmt, die der Taugenichts keineswegs durchschaut, so dass er immer wieder in Turbulenzen und Konfusionen gerät; gelegentlich helfen ihm sein Gesang und sein virtuoses Geigenspiel weiter. Unterwegs nehmen sich zwei deutsche Kunstmaler seiner an, aber er verliert ihre Spur. In Rom hält er sich einige Zeit in der deutschen Künstlergemeinde auf; der Erzählbericht ist bei aller Anteilnahme am Geschehen von freundlicher Distanz und feiner Ironie geprägt; die heilige Stadt erweist sich keineswegs als Ziel der Reise. Der Rückweg führt den Taugenichts wieder nach Österreich; an der Grenze begegnet er einer Gruppe von Musikern, Studenten aus Prag, denen er sich zeitweilig anschließt. Das zufällige Zusammentreffen mit einem Geistlichen, der zusammen mit einer jungen Frau auf dem Weg zu einer Hochzeit ist, gibt dem Geschehen eine weitere Wendung: Im Glauben, er sei der von der »schönen Frau« ausgewählte Bräutigam, kehrt der Taugenichts nach Wien und aufs Schloss zurück, von dem er aufgebrochen war. Er begegnet den beiden ›Malern‹ wieder, die mit ihm nach Rom unterwegs waren; es stellt sich allerdings heraus, dass es sich um ein inkognito reisendes gräfliches Paar handelt. Die geliebte »schöne Frau« aber, so zeigt sich schnell, ist keineswegs ein adliges Fräulein, sondern Aurelia, die Nichte des Portiers, die als Waise auf dem Schloss aufgewachsen ist und nun die Frau des Taugenichts werden soll, nachdem der Graf beiden ein »Schlösschen [...] samt dem Garten und den Weinbergen« schenkte. Die Erzählung schließt mit einer das

Happy End auf die Spitze treibenden, sogar den biblischen Schöpfungsbericht (1. Mose 1, 31) zitierenden, vieldeutigen Wendung: »und es war alles, alles gut«.

Die unbekümmerte Heiterkeit des Erzählausgangs hat wie die gesamte Erzählung unterschiedlichste Interpretationen erfahren. So galt der *Taugenichts* im 19. Jh. als »Verkörperung des deutschen Gemüts« (Theodor Fontane): gegen den Text, der seinem Protagonisten keinerlei nationale Signatur aufdrückt. Umgekehrt steht in der Erzählung auch keineswegs ein romantischer Antikapitalismus im Mittelpunkt, obgleich dieser hier und da durchscheint und Eichendorffs tiefe Skepsis gegenüber dem Modernisierungsdiskurs der bürgerlichen Gesellschaft bestätigt. Die Abneigung des Taugenichts gegen die Sphäre von Nützlichkeit und Arbeitsethos zeigt sich aber gerade nicht an modernen, sondern an feudalen Paradigmen: an der uralten Mühlenwirtschaft, die er leichten Herzens verlässt, und am bäuerlich-beschränkten Dorfleben, das er verspottet und dem er entflieht.

Dass Eichendorffs Text überhaupt die Gesellschaft seiner Zeit tangiert, ist im Verlauf der Rezeptionsgeschichte immer wieder geleugnet worden. Als Märchen gelesen, erscheint die Erzählung als eine die triste Wirklichkeit negierende, gegen die Moderne abgedichtete Konstruktion. Der *Taugenichts* jedoch spiegelt keine Wunder- und Zauberwelt vor, verfügt über kein Märchenpersonal und keine Märchenhandlung, sondern trägt eher Züge einer Verwicklungs- und Verwechselungskomödie und gibt sogar verdeckte Hinweise auf Zeitereignisse. Das erzählende Ich erweist sich als literarisch, historisch und politisch breit gebildet, den Taugenichts als naiven, naturverbundenen Müllersohn zu bezeichnen hieße weite Textpassagen aus dem Gesamtkontext auszublenden; ein satirischer Unterton ist zuweilen unverkennbar und wird in der Rom-Episode am Beispiel der aus Deutschland angereisten Künstlerzirkel offenbar, deren Romantizismen der Taugenichts als unproduktiv durchschaut. Ebenso distanziert er sich von aller klassizistischen Rom-Verehrung, und zwar schon vor seinem Einzug in die »uralte Stadt«, in der die »Frau

Venus begraben liegt und die alten Heiden gehen und die Wanderer verwirren«. Die feine Ironie des Erzählers bezieht romantisch klingende Phrasen bewusst in seine kritische Beobachtungskunst ein, etwa wenn jemand aus der vornehmen Schloss-Gesellschaft in Wien das »Volkslied, gesungen vom Volk in freiem Feld und Wald«, enthusiastisch als »Alpenröslein auf der Alpe selbst« und »Seele der Nationalseele« umschwärmt. Die Lieder des Taugenichts – darunter das u. a. von Schumann (1844) und Mendelssohn (1844) vertonte, im 19. Jh. zum Kernkanon jeder deutschen Liedertafel gehörende »Wem Gott will rechte Gunst erweisen« – lassen sich nicht auf das Klischee der gemüt- und stimmungsvollen »Nationalseele« reduzieren, sondern sind poetische Chiffren, mit denen der Taugenichts innere Konflikte und unvorhergesehene Situationen bewältigt; seine Meisterschaft besteht darin, dass er jederzeit die gesamte Skala der Emotionen und Affekte, aber auch der spöttischen Kommentierung und Distanzierung »aus voller Brust und Lust« zu singen und auf der Geige zu begleiten weiß. Dabei steht dem Part unbändiger Freude oft das Empfinden von Melancholie und Trauer entgegen, bis hin zu Wendungen wie »ich warf mich in das Gras hin und weinte bitterlich«, die einen biblischen Ton (Lukas 22,62) anklingen lassen. Die Fülle solcher Anspielungen, Bildchiffren, Motive, Handlungsstränge und Bezüge hat letztlich eine Vielzahl umfassender, geschlossener Interpretationen des *Taugenichts* scheitern lassen: Es scheint zur Ironie des Textes zu gehören, dass er seine poetische Kraft erst jenseits von Interpretationszwang und literaturwissenschaftlicher Deutungshoheit entfaltet.

Hermann Korte

Aus: Kindlers Literatur Lexikon. 3., völlig neu bearbeitete Auflage. Herausgegeben von Heinz Ludwig Arnold (ISBN 978-3-476-04000-8). – © der deutschsprachigen Originalausgabe 2009 J. B. Metzler'sche Verlagsbuchhandlung und Carl Ernst Poeschel Verlag, Stuttgart (in Lizenz der Kindler Verlag GmbH).

Aus Kindlers Literatur Lexikon:
Joseph von Eichendorff,
›Das Marmorbild‹

Die 1818 erschienene Novelle wandelt das romantische Grund-
thema vom verlorenen und wiederzufindenden Paradies auf cha-
rakteristische Weise ab. Florio, ein junger Dichter, begegnet auf
der Reise nach Lucca dem Sänger Fortunato, dem auf einem Fest
der mephistophelische Ritter Donati gegenübertritt. Schwan-
kend zwischen den beiden Freunden, welche die erlösende und
die dämonische Kraft der Poesie symbolisieren, verlässt Florio
nachts die Herberge; sein Diener, eine Allegorie des Gewissens,
liegt eingeschlafen auf der Schwelle des Hauses. So verfällt Florio dem Zauber des marmornen Venusbildes, dessen Anblick im
nächtlichen Garten eine unbestimmte Sehnsucht in ihm zurück-
lässt. Auf der Suche nach ihrer Erfüllung gerät der junge Poet in
den Zauberkreis dämonischer Liebe, in den Garten der Venus.
Auf einem Maskenfest erreicht Florios verwirrend-schwan-
kende Sehnsucht den Höhepunkt, als ihm Venus in der Maske
der ihm von Fortunato zugeführten Bianka gegenübertritt. Von
Donati verführt, kommt er in den Palast der Göttin, und nur das
in der Ferne erklingende Lied Fortunatos bewirkt, dass er sich
durch ein Gebet vor dem Schicksal Tannhäusers bewahrt und
der dämonische Zauber versinkt. Auf einer Reise in den hellen
Morgen deutet ihm Fortunato im Lied das Geschehen der Nacht
und löst seine Verblendung. In dem Knaben, der ihn auf der
Reise begleitet, erkennt Florio Bianka, in ihrer reinen Schönheit
die Bestimmung seines Lebens.

Die im Menschen angelegte Sehnsucht nach dem verlorenen
Paradies, das Eichendorff in die Formel der »schönen alten Zeit«
fasst, hat im Werk des Dichters eine heidnische und eine christ-
liche Komponente; das Bild der Venus »dämmert und blüht
wohl in allen Jugendträumen mit herauf«, doch auch das erlö-

sende Lied Fortunatos ist wie Erinnerung und Nachklang »aus einer andern heimatlichen Welt«; erst im Bestehen der Versuchung ist Erlösung möglich.

Die Szenerie der Erzählung, die Landschaft, in der sich das symbolische Geschehen vollzieht, wird eine »wunderbar verschränkte Hieroglyphe« genannt, die emblematischen Landschaften des *Marmorbilds* geben den Schlüssel zur Enträtselung der Symbole. Doch sollte bei der Entdeckung allgemein menschlicher Strukturen in der Novelle nicht übersehen werden, dass die Erzählung – nach Ausweis der Entwürfe – autobiographische Elemente enthält. Eichendorff geht es nicht so sehr um die Darstellung menschlicher Grundverhaltensweisen, sondern mehr um die Gestaltung der Gefährdung des Künstlers, dem es trotz der erschreckenden Erfahrung eines zeit- und geschichtslosen Lebens im Venusberg des inneren Lebens nicht gelingt, sich dem Zauber des ›paradis noir‹, das Ingredienz des Dichterischen ist, völlig zu entziehen.

Wolfgang Frühwald

Aus: Kindlers Literatur Lexikon. 3., völlig neu bearbeitete Auflage. Herausgegeben von Heinz Ludwig Arnold (ISBN 978-3-476-04000-8). – © der deutschsprachigen Originalausgabe 2009 J. B. Metzler'sche Verlagsbuchhandlung und Carl Ernst Poeschel Verlag, Stuttgart (in Lizenz der Kindler Verlag GmbH).